CW01333392

Le Mystère de la Dame Blanche

DU MÊME AUTEUR

La Quatrième porte, Le Masque, 1987, Prix du Festival de Cognac
Le Brouillard rouge, Le Masque, 1988, Prix du roman d'Aventures
La Mort vous invite, Le Masque, 1988
La Mort derrière les rideaux, Le Masque, 1989
La Chambre du fou, Le Masque, 1990
La Tête du tigre, Le Masque, 1991
La Septième hypothèse, Le Masque, 1991
La Lettre qui tue, Le Masque, 1992
Le Diable de Dartmoor, Le Masque, 1993
Le Roi du désordre, Le Masque, 1994
À 139 pas de la mort, Le Masque, 1994
L'image trouble, Le Masque, 1995
La Malédiction de Barberousse, Le Masque, 1995
Le Cercle invisible, Le Masque, 1996
L'Arbre aux doigts tordus, Le Masque, 1996
Le Crime de Dédale, Le Masque, 1997
Les Sept Merveilles du crime, Le Masque, 1997
Le Géant de pierre, Le Masque, 1998
Le Cri de la sirène, Le Masque, 1998
Meurtre dans un manoir anglais, Le Masque, 1998
L'Homme qui aimait les nuages, Le Masque, 1999
Le Mystère de l'Allée des Anges, Le Masque, 1999
Le Chemin de la lumière, Le Masque, 2000
La Nuit du loup, Le Masque, 2000
L'Allumette sanglante, Le Masque, 2001
Les Douze crimes d'Hercule, Le Masque, 2001
La Toile de Pénélope, Le Masque, 2001
Les Fleurs de Satan, Le Masque, 2002
Le Tigre borgne, Le Masque, 2004
Les Larmes de Sibyl, Le Masque, 2005, Masque de l'année.
La Ruelle fantôme, Labor, 2005
Lunes assassines, Le Masque, 2006.
La Chambre d'Horus, Le Masque, 2007
La Nuit du Minotaure, Éditions Baleine, 2008
Le Testament de Silas Lydecker, Éditions Nouveau Monde, 2009
Les Meurtres de la Salamandre, Le Masque, 2009
La Corde d'argent, Le Masque, 2010
La Balle de Nausicaa, Eurydice, 2011
Spiral, Rageot-Editeur, 2012
Le voyageur du passé, Le Masque, 2012
La Tombe indienne, Eurydice, 2013
Le Masque du vampire, Eurydice, 2014
La Montre en or, Eurydice, 2019

Paul Halter

Le Mystère
de la Dame Blanche

Eurydice

*La première édition de cet ouvrage
a paru aux USA, en septembre 2020,
aux éditions* Locked Room International,
dans une traduction de John Pugmire.

© PAUL HALTER ET EURYDICE, 2020
Tous droits réservés

L'œil était dans la tombe et regardait Caïn.
Victor Hugo, la Légende des siècles.

Prologue

La Mort, qu'est-ce que c'est ?

Une notion purement abstraite ? Ou quelque chose de concret, avec des formes et des couleurs ?

La mort en couleurs, n'est-ce pas poétique ?

Je trouve que le rouge lui va comme un gant. La Mort rouge, comme pendant les épidémies de peste... Ou le noir du deuil et des cérémonies funèbres. Noir comme l'obscurité profonde, le chaos absolu, le néant.

Le bleu aussi, d'une certaine manière. Ne dit-on pas « avoir une peur bleue » ? Peut-être parce que le bleu est la couleur la plus froide...

La plus froide ? Non, il y a le blanc. Surtout le blanc. Le blanc éclatant ! La Mort blanche, la plus pure, la plus inéluctable, la plus définitive, celle qui vient des régions les plus glacées du globe, des confins de l'univers. Ce froid terrifiant qui vous saisit le moment venu. Et qui vous fige à jamais...

Parfois, on imagine la Mort sous forme de squelette armé d'une faux. La grande Faucheuse... Les enfants, eux, la dessineraient volontiers sous forme de méchant crocodile aux yeux jaunes et gourmands, ou de loup noir aux oreilles pointues avec d'énormes yeux rouges...

Mais ses manifestations sont parfois plus subtiles, plus insolites... même empreintes de gaîté factice. Prenons l'exemple du clown, symbole indiscuté du rire. Mais vous ferait-il toujours rire si, par une glaciale nuit d'hiver, il venait sonner chez vous à minuit, et que vous vous retrouviez face à ce clown immobile sur le pas de la porte ?

Idem pour un sablier. Objet banal s'il en est. Élément de cuisine ou de jeu. Mais en découvrir un, juste après votre réveil, sur la table de cuisine, au milieu de votre petit déjeuner, en train de déverser lentement ses grains de sable... comme le temps qui s'écoule avant l'étape suprême.

Oui, la Mort aime à jouer ainsi avec nous, en nous présentant toutes sortes de facettes, y compris les plus inattendues, les plus fallacieuses...

L'approche d'une meute de loups dans une clairière isolée ? Voilà de quoi vous terrifier ! Et même avec la présence d'une créature gracile et innocente, d'une jeune fille tout de blanc vêtue, au milieu de la meute, cela n'y changerait rien. L'impression de menace resterait la même. Allons plus loin : retirons les loups de la scène. La blanche et délicate apparition marche seule, lentement, vers vous... Vous y êtes ?... Eh bien l'effet serait encore le même, voire pire encore...

Pourtant, il ne saurait y avoir de contraste plus saisissant que celui qui oppose la bête sauvage à l'innocente jeune fille au visage angélique. En vérité, la Mort sait se faire reconnaître, quel que soit son masque, et vous transmettre son message. Sans prononcer un mot, elle saura vous faire comprendre que le moment est venu, pour vous, de la suivre...

Cet exemple choisi à dessein illustre parfaitement la légende des Dames Blanches.

Ces fameuses Dames Blanches... Tantôt lavandières, tantôt sirènes, tantôt fantômes de femmes trahies ou abandonnées, et souvent vengeresses.

On ne sait trop à quelle espèce appartient celle qui hante *Buckworth* depuis des siècles. Mais ce qui est certain, c'est que son apparition semble toujours de mauvais présage.

J'aimerais vous parler d'elle, oui, vraiment. Car je la connais bien.

Je crois avoir compris ses desseins profonds, la raison de son existence, de ses errements, de ses visites régulières, faisant fi du temps ou de tout obstacle matériel.

Qu'on la vénère, qu'on la redoute ou qu'on la haïsse, nul ne peut rien contre elle. Elle est insaisissable, inéluctable…

Vous pouvez l'apercevoir de loin dans ses errances, dans les ruelles, à la lisière de la forêt, au bord de l'étang. Si c'est le cas, ne faites rien. Contentez-vous de la regarder brièvement. Ou mieux encore, baissez les yeux. Des regards inquisiteurs pourraient la froisser, comme si vous vous complaisiez des malheurs de sa vie terrestre.

Mais si elle s'approche, si elle vient vers vous, sachez qu'il n'y a plus rien à faire. Prendre la fuite ne servirait à rien. Vous ne le pourriez même pas. Vous seriez hypnotisé par son sourire angélique, son regard insondable, fasciné par la pureté de sa silhouette blanche, pétrifié par le froid grandissant qui vous envahirait…

Un froid glacial, celui qui fige les fleuves ou toute chose ici-bas. Son bras se lèverait lentement vers vous, sa main blanche se poserait sur votre cœur, et vous entendriez dans votre poitrine comme les craquements d'un glacier qui se fissure…

1

SOUVENIRS DES INDES

13 septembre 1924

Le train omnibus traversait la campagne anglaise dans un bringuebalement régulier et monotone. L'après-midi était déjà bien entamée, mais le soleil ne s'était toujours pas montré. Margot Peel regardait machinalement la jeune femme endormie sur la banquette en face d'elle, près de la fenêtre. Une petite valise en peau de crocodile trônait au-dessus d'elle dans la console des bagages. Margot n'y attacha pas d'importance particulière à ce moment-là. La tête renversée de l'inconnue disparaissait sous une cascade de boucles noires, et ses mains étaient ramenées sous le menton. De fait, on ne voyait guère que ses chevilles, fines et ravissantes, et qui à elles seules trahissaient toute l'élégance et la grâce de sa propriétaire. Margot jeta un coup d'œil aux siennes. Elle n'avait rien à leur reprocher, pas plus qu'à l'ensemble de sa personne, de son visage, dont elle voyait le reflet dans la large glace au-dessus de la banquette en face d'elle. C'était celui d'une jeune femme, proche de la trentaine, à l'ovale bien dessiné, encadré par une souple chevelure châtain. Son teint lui semblait un peu trop pâle, et ses lèvres trop minces. Quant à ses grands yeux clairs, légèrement vairons – car l'un était plus turquoise que bleu –, ils dégageaient une impression de vague, de vide, qui ne reflétait que trop bien sa personnalité, celle d'une personne résignée, lasse de vouloir lutter contre le sort. C'était sans doute cela qui altérait son physique, estima-t-elle. Une jolie fille, mais sans plus. Et si elle portait des vêtements plus voyants ? Comme le manteau de la jeune femme endormie, d'un rouge vif, tranchant singulièrement avec la grisaille de la campagne anglaise qui défilait derrière la vitre du compartiment ?

Non, estima-t-elle après réflexion. Elle avait d'ailleurs déjà fait des essais dans ce sens, sans succès. Les demi-teintes étaient bien plus en accord avec sa personne qu'une explosion de couleurs exubérantes. À côté d'elle, près de la porte, affalé dans l'encoignure, John avait également succombé au rythme lancinant du train. Elle le regarda un instant, sentant les larmes lui monter aux yeux. Puis elle ouvrit son sac à main. Elle avisa d'abord une enveloppe d'un rose pâle, passablement défraîchie. La dernière lettre de sa sœur, qu'elle avait lue et relue, et qui l'avait d'ailleurs amenée, elle et John, à se trouver une demi-heure plus tôt, à la gare de Paddington, avec sacs et valises, pour se rendre à *Buckworth*, son village natal. Il y avait encore une seconde lettre, administrative, envoyée par le service de l'État civil deux mois plus tôt, et qui lui avait provoqué le choc de sa vie. Depuis lors, elle la gardait toujours sur elle, comme une sorte de fétiche.

Margot ferma ses yeux embués et se plongea dans un passé assez récent, alors qu'elle dînait en compagnie du sémillant William, qui l'avait invitée dans un restaurant londonien réputé. L'argenterie et les couverts scintillants, le caquètement des conversations, le sourire étincelant de William, la belle bague… C'était comme si c'était hier. Mais le temps s'accéléra encore, à rebours, sondant un passé bien plus lointain, alors qu'elle n'était qu'une fillette, insouciante et heureuse, tout comme sa sœur Ann – sa cadette de deux petites années. Toutes deux étaient entourées de la présence aimante de leur mère, de celle rassurante de son père, sir Matthew Richards, dernier rejeton de la plus riche famille des environs. L'écrin de ces jours heureux ? *Buckworth Manor*, le manoir familial, au milieu d'une belle propriété, à la sortie du village. Ann et elle étaient sans doute les enfants les plus heureux, les mieux lotis des environs. À la fin de la Grande Guerre, alors qu'elle avait 23 ans, elle avait accompagné son père aux Indes, tandis qu'Ann et sa mère avaient préféré sagement les attendre, dans leur confortable domaine familial. Matthew Richards devait s'y rendre pour affaires. Car il n'était pas homme à se reposer sur ses lauriers, à contempler oisivement la lente déchéance de l'héritage familial. Il s'était lancé avec succès dans la spéculation financière, puis dans le commerce des pierres précieuses. Il contrôlait entre autres, avec un associé, une mine de saphirs, près de la frontière nord est des Indes. D'où la raison de leur voyage, qui devait durer six mois tout au plus. Car sir Matthew aimait tout contrôler personnellement, et de près. Mais le contrôle des sentiments d'une jeune fille de 23 ans était une autre affaire…

Lors d'un bal, Margot avait fait la connaissance d'un séduisant major de l'armée des Indes, qui avait fait chavirer son cœur. Hélas, son père avait vu d'un œil différent cette idylle naissante. Selon lui, sa fille méritait mieux qu'un modeste militaire, et il le lui avait fait clairement comprendre. Ce fut là sans doute leur première altercation d'importance, se souvint Margot. Lui, qui l'avait toujours tant chérie, peut-être même davantage que sa sœur, s'était soudain transformé en tigre féroce, jaloux, semblable à celui dont la tête ornait leur bungalow. Face à la force brute, seule la ruse pouvait l'emporter. Elle avait fait mine de capituler. Puis un beau jour, alors qu'il revenait d'un lointain déplacement, elle l'avait mis devant le fait accompli : sa fille chérie était désormais une femme mariée. Et d'ajouter malicieusement qu'il ne devait pas chercher bien loin l'origine de son caractère indépendant. Cette dernière remarque tempéra sans doute sa réaction, mais il lui signifia que désormais, il veillerait soigneusement à l'indépendance totale du jeune ménage. Sur quoi, elle fut invitée à faire ses valises. C'était à la mi-mai de l'année 1919. À la fin du mois, son mari fut incorporé dans un régiment envoyé à la frontière afghane, pour mater une importante rébellion. Quelques jours plus tard, elle fut conviée à identifier son cadavre parmi d'autres, au milieu d'une véritable boucherie, dont le souvenir devait la marquer à jamais. En trois semaines, elle s'était retrouvée veuve, seule et désemparée.

Malgré son désœuvrement, elle n'avait pu se résoudre à quémander l'aide de son père. Un militaire, Patrick, qui avait survécu aux terribles événements, s'était occupé d'elle. C'était un ami de son mari, qui lui ressemblait un peu physiquement, et qui connaissait sa situation. Il lui avait aimablement offert son soutien, sans exiger quoi que ce fût en retour. Au bout de quelques semaines, leur amitié s'étant lentement épanouie, ils étaient devenus amants. Patrick était un compagnon adorable, attentionné, qui était parvenu à lui faire oublier son chagrin. Mais après quelques mois d'union heureuse, il avait subitement disparu de son existence. On lui avait fait savoir qu'il avait été intégré dans une mission de reconnaissance, dont nul n'était revenu. Après cette nouvelle douloureuse épreuve, elle s'était promis de ne plus jamais fréquenter un soldat. Et elle tint parole. Son compagnon suivant avait été un indigène, un bel indien de son âge, interprète au service de l'armée. L'ivresse de la passion n'avait duré que quelque temps. Leur idylle avait sombré dans une pénible tourmente. De part et d'autre, on les accablait. Ses rares amis anglais la considéraient désormais comme une moins que rien, et son amoureux subissait le courroux de sa famille, au point qu'un jour il était rentré couvert de bleus, sévèrement battu. Ils auraient pu trouver leur salut dans la fuite, mais pour aller où ? Dans un autre endroit, pour être plongés dans une situation identique, voire pire ?

La gorge de Margot se serra lorsqu'elle évoqua la nuit de leurs adieux, leur dernière étreinte sous les étoiles, leur baiser d'autant plus brûlant qu'il était le dernier. Trop d'obstacles se dressaient sur le chemin de leur bonheur. Et ni l'un ni l'autre ne se sentait de taille à les surmonter. Entre-temps, son père était reparti et elle avait appris le décès de sa mère, qui souffrait depuis longtemps d'une maladie pulmonaire. Elle avait alors décidé de retourner en Angleterre. La misère des Indes, son climat étouffant, ses drames personnels successifs, ses errances… elle n'en pouvait plus. Il fallait qu'elle rentre.

Elle retrouva avec bonheur sa sœur Ann, qui s'était mariée entre-temps, et aussi son père, qui avait enterré la hache de guerre. Il lui réserva un accueil chaleureux, déclara sentencieusement qu'il faisait table rase du passé, mais non sans lui rappeler occasionnellement le « coût de l'indépendance ». Toutefois, malgré le réconfort du toit familial, elle décida de s'installer à Londres, d'accepter le poste de gérance d'une bijouterie, proposé par son père - car elle mit un point d'honneur à refuser toute aide directe. Elle tenait à lui prouver qu'elle ne lui devait rien. Dès lors, elle se consacra entièrement à son travail, au mépris de sa vie sentimentale, trop durement éprouvée par ses échecs. Deux ou trois années passèrent, sans événement remarquable, jusqu'à ce qu'elle sympathise avec William, le sous-directeur de sa banque. Une liaison purement amicale au début, mais suivie. Régulièrement, il l'invitait à dîner, et elle se réjouissait de cet instant, qui était en fait le seul lien notable qui la reliait à la société. Elle sentait bien que de son côté, William entretenait des sentiments toujours plus vifs à son endroit, mais qu'il n'osait aller plus loin, comme de peur de briser par maladresse un objet précieux et fragile. Il devait pourtant se rendre compte qu'elle nourrissait une sympathie croissante à son endroit, et qu'il y avait par conséquent peu de risque de briser quoi que ce fût.

Un soir, pourtant, alors qu'ils se retrouvaient à leur rendez-vous hebdomadaire, il se jeta à l'eau et il lui présenta une bague sertie d'une belle émeraude. Il était si nerveux qu'il n'avait même pas remarqué le visage défait qu'elle présentait à ce moment-là.

— Je sais que cela peut vous paraître offensant, Margot, avait-il bredouillé, embarrassé. Enfin dans la mesure où elle ne provient pas de votre boutique. C'est parce que je tenais à vous faire la surprise... Cela étant, elle n'est pas sans valeur. C'est une émeraude de Colombie, provenant de la mine Muzo, sans doute la meilleure au monde...

— Je la connais, avait-elle répondu, la gorge nouée d'angoisse.

— Bien sûr ! Où ai-je la tête ? J'espère que vous me pardonnerez cette étourderie, due à ma seule émotion. Car si je tenais à vous en faire la surprise, c'est parce que...

— Non, William, n'allez pas plus loin, je vous en prie...

Après un pesant silence, il avait repris :

— Je vous aime, Margot. C'est aussi simple que cela... J'ai pensé que seule une émeraude de Muzo serait digne de vous, car depuis le premier jour où je vous ai vue...

— Je ne puis l'accepter, William...

— Alors.... vous... vous ne...

Blême comme la mort, elle avait répondu :

— Si. Je vous aime aussi, de plus en plus, et vous le savez bien. Mais...

— Alors où est le problème ? s'était-il inquiété en retirant ses lunettes, ses yeux rivés aux siens.

Elle avait alors baissé les yeux et s'était effondrée en larmes. Puis, fourrageant dans son sac, elle en avait extrait une lettre, qu'elle avait mise en évidence sur la table.

— Le voilà, le problème. Lisez vous-même et vous allez comprendre... Comprendre pourquoi je suis à la fois folle de bonheur et de chagrin.

— Folle de bonheur et de chagrin ? s'était-il étonné. Mais ... ce n'est pas possible ! On ne peut pas être à la fois...

— Lisez, je vous en prie...

Elle avait alors vu le visage de son compagnon blêmir à mesure qu'il progressait dans sa lecture. Lorsqu'il eut terminé, il avait passé la main sur sa tempe moite, les yeux hallucinés, balbutiant :

— John Peel... feu votre mari... est toujours vivant.

2

SOUVENIRS D'AFRIQUE

— J'ai reçu cette lettre ce matin, avait dit Margot en soupirant, et je dois le revoir demain.
— Vous... vous l'aimez toujours ?
— Je ne sais pas ce que je ressens, William... Puissiez-vous me comprendre, si tant est qu'on le puisse ! Il me faut d'abord le revoir... Mais quel que soit son état, et quels que soient mes sentiments pour vous, j'ai peur de ne pouvoir me résoudre à l'abandonner.

Le lendemain, lorsqu'elle fut mise en présence de son mari, qu'elle n'avait connu que quelques semaines et qu'elle n'avait pas revu depuis cinq ans, le choc fut si violent qu'elle en perdit connaissance. Les autorités l'avaient pourtant prévenue de s'attendre à un grand changement, compte tenu de l'épreuve qu'il avait traversée. Le John Peel qu'elle avait connu n'était plus que l'ombre de lui-même. Ses cheveux avaient la couleur de la cendre, son visage avait vieilli et terni, et sa partie gauche était marquée d'une rougeur déplaisante, due à plusieurs balafres mal cicatrisées. De surcroît, sa mémoire était très altérée, des suites des mauvais traitements endurés. Il se souvenait encore d'elle, de son propre passé, mais seulement partiellement. Ses seuls souvenirs précis concernaient le cauchemar enduré au cours des dernières années. En fait, il avait été enlevé par les rebelles, qui l'avait traité en véritable esclave, le battant, le fouettant, au moindre signe de rébellion. Après trois années infernales, ayant réussi à leur fausser compagnie, il avait trouvé refuge dans une bourgade du Cachemire. Son état pitoyable avait ému les habitants, qui l'avaient soigné du mieux qu'ils pouvaient. Mais il avait fallu des mois encore avant qu'il ne recouvre suffisamment de forces pour rejoindre la garnison la plus proche. La méprise de Margot, lorsqu'elle avait dû l'identifier, était due à son casque, retrouvé près de son supposé cadavre. Un corps trop malmené, comme ceux de ses compagnons, pour qu'elle pût rendre un verdict précis.

Bien que ces retrouvailles fussent pénibles et douloureuses, Margot avait compris qu'elle l'aimait de nouveau comme au premier jour. Ses yeux fervents, brillant de joie contenue, comme ceux d'un chien perdu retrouvant son maître, l'avaient touchée au plus profond d'elle-même. Plusieurs longues minutes, ils étaient restés enlacés, pleurant à chaudes larmes...

Puis, jour après jour, ils s'étaient confié mutuellement leur histoire, morceau par morceau. Il y avait cependant de sérieux vides dans celle de John, dont la santé, globalement, se rétablissait à vue d'œil. Ses seules séquelles se résumaient à sa mauvaise mémoire, à de violents maux de tête, et à ses cicatrices, notamment au visage. Mais le médecin qui le suivait avait bon espoir d'une amélioration générale avec le temps. Et lentement, leur couple avait repris vie, renaissant de ses cendres.

Se tournant vers son mari, toujours endormi dans le coin de la banquette, secoué par les soubresauts du train, Margot songea avec tendresse : *Si nous n'avions pas connu toutes ces épreuves, serions-nous aussi heureux qu'aujourd'hui ? Sans cela, nous serions peut-être un de ces vieux couples qui se regardent en chiens de faïence...*

Environ un mois après leurs retrouvailles, Margot pensait qu'elle avait eu son lot de surprises et d'épreuves dans l'existence, qu'elle s'acheminait désormais vers une vie paisible, à l'image de celle de son enfance. C'est alors qu'elle avait eu la première lettre de sa sœur…

Ma très chère Margot,

Comme je gage que père ne t'a pas annoncé la nouvelle, je le fais à sa place, au risque de te perturber, alors que je le sais bien, tu n'en as nul besoin. J'espère que tout va bien pour toi et John, et qu'il se remet de son incroyable calvaire. Enfin je commence par le commencement. Il y a environ un mois, père a engagé une secrétaire, alors que comme tu le sais, j'occupais plus ou moins cette fonction. Évidemment, elle est jeune et très jolie ! Tu le sais sans doute moins que moi, mais tu n'ignores pas que père a toujours été coureur, et cela même avant la disparition de maman. Je ne tomberais pas des nues si un jour une personne venait sonner à notre porte pour m'annoncer qu'elle est mon frère ou ma sœur ! En plus des rumeurs au village, je sais de manière presque certaine qu'il avait une liaison avec une personne peu recommandable, mais pas vilaine physiquement et assez jeune, bien sûr. Mais passons. Donc, cette nouvelle secrétaire, prénommée Vivian, s'est rapidement incrustée dans la maison, montrée « indispensable » auprès de notre cher père, dont les soixante-dix printemps n'altèrent guère son caractère entreprenant. Mais là, quand même… plus de quarante ans les séparent ! J'essayais de me convaincre qu'il s'agissait d'un caprice de vieil homme, tout comme Peter et notre brave gouvernante Esther. Mais voilà que samedi dernier, au cours du dîner, il nous annonce fièrement que Vivian et lui viennent de s'unir pour la vie ! Comme ça, sans nous prévenir ! Tu aurais dû voir la tête de Peter et d'Esther à ce moment-là ! Je croyais que ce genre de situation était réservée aux romans à bon marché, mais non ! Nous avons désormais une nouvelle maman, qui n'a même pas notre âge ! Inutile de te préciser que nous ne sommes pas dupes. Ladite Vivian n'a pas épousé notre père que pour ses beaux yeux. Une vulgaire intrigante, dont les desseins sautent aux yeux de tous, sauf à ceux de père, bien sûr. Voilà la situation, chère sœur. Je te tiendrai au courant de la suite des événements…

La seconde lettre d'Ann lui était parvenue la semaine dernière. Margot la sortit de son sac pour la relire, bien qu'elle en connût son contenu presque par cœur.

Au secours, chère Ann ! Cette garce a littéralement envoûté notre père ! Elle fait désormais ce qu'elle veut, ici, c'est elle qui dirige tout ! Mais elle est maligne… Elle joue les ingénues, ne fait que « d'innocentes » suggestions… Et père se charge de lui passer tous ses caprices… C'est bien simple, Esther et moi sommes pour ainsi dire comme reléguées au rang de soubrettes. Je t'en supplie, viens nous aider. Toi seule as quelque influence sur père. Viens passer quelque temps à la maison. Viens avec John. Vous ne serez pas de trop pour nous aider à lutter contre cette injustice, contre cette sournoise aventurière et surtout la cécité de père, aveuglé par l'amour, comme on dit. Je suis sûr qu'il serait ravi de vous voir, John et toi, de vous accueillir quelques semaines. Du haut de son petit nuage rose, il pense que tout est merveilleux et que sa famille au grand complet serait heureuse de participer à la fête…

— Tu relis encore cette lettre, ma chérie ?

Margot se tourna vers son mari, qui lui souriait en réprimant un bâillement.

— Oui, soupira-t-elle. C'est plus fort que moi.

— Il n'y a pourtant plus à y revenir, non ? Nous nous sommes jetés à l'eau ! Et nous voilà repartis pour de nouvelles aventures...

— De nouvelles aventures, répéta Margot, avant d'énumérer les vicissitudes de ces dernières années.

John Peel l'écouta en silence, tandis qu'elle dévidait le chapelet de ses souvenirs.

— ... Je pensais avoir mon compte, acheva-t-elle. Et voilà que notre père perd la tête pour une vulgaire aventurière. Je vais devoir puiser dans toutes mes forces pour ne pas lui sauter au visage quand il nous la présentera... Je n'ai même pas trente ans, et je me sens déjà si vieille, si lasse de la vie...

— Vous n'êtes peut-être pas la seule, Madame...

Margot se tourna vers l'inconnue au manteau rouge, qui, comme John, venait d'émerger de son sommeil. Dieu ! Elle ne s'en était pas rendue compte, et s'était épanchée sans retenue devant elle !

La jeune femme avait un beau visage au teint assez mat. Sous de longs cils noirs, ses grands yeux sombres fixaient tour à tour ses voisins de compartiment, avec une expression de mystérieuse gravité.

— Je vous prie de m'excuser, madame, bredouilla Margot. Je pensais que vous étiez assoupie. Croyez bien que je n'ai pas pour habitude de déballer mes malheurs en public...

Leur voisine haussa les épaules nonchalamment.

— Moi aussi, j'en ai eu mon compte. Et je sais que parfois, cela fait du bien d'en parler. D'ailleurs, ce que j'ai vécu est tellement extraordinaire, qu'en général les gens ne me croient pas...

Tandis qu'un silence gênant s'était instauré dans le compartiment, et que la jeune femme avait levé les yeux vers sa petite valise, John fit un geste discret à sa femme qui s'apprêtait à intervenir.

— Nous voulons bien en être juges, Madame, dit-il, avec un aimable sourire. Et cela nous mettrait sur un plan d'égalité en matière de confidences...

Après un nouveau silence, la jeune femme ordonna d'un geste gracieux sa chevelure noire et bouclée, puis reprit la parole :

— C'était en Afrique et j'avais à peine vingt ans... Je vous fais grâce des péripéties qui m'ont amenée là-bas. Mon compagnon m'avait abandonnée et je me retrouvais dans un petit village au milieu des indigènes. Je ne sais si j'étais vraiment amoureuse du grand gaillard que j'ai fini par épouser, enfin selon les coutumes locales. Je crois en tout cas qu'il était très fier de moi, et qu'il s'employait à me rendre heureuse. Un beau jour, Moussa – c'était son nom – a débarqué dans notre hutte, une valise à la main, déclamant de sa voix sonore que nous étions désormais très riches. Sans plus de précisions, il m'a demandé de préparer mes affaires pour quitter le village. Il m'a menée à la rivière, devant une pirogue...

» Je m'en souviens comme si c'était hier... La journée était magnifique, la vue splendide, l'eau scintillait au soleil. Tout, donc s'annonçait pour le mieux. Nous avons commencé à charger nos bagages. Mais voilà qu'a surgi un individu, vêtu d'une peau de panthère, qui nous a bousculés brutalement avant de se jeter dans la pirogue, pour s'éloigner prestement à grand coups de rames. « La valise ! » s'est écrié Moussa, avant de plonger dans la rivière pour tenter de rattraper le fuyard. Mais autour de lui, il y avait des espèces de troncs d'arbres, qui se sont mis à bouger bizarrement, et à converger vers lui. Quelques instants plus tard, au milieu d'un gargouillis immonde et de cris déchirants, j'ai vu disparaître Moussa dans des flots rougis de sang. Les troncs d'arbres en question, vous l'aurez bien compris, n'étaient rien d'autre qu'une bande de crocodiles à l'affût. En moins de quelques secondes, je venais de tout perdre : mon mari, tous nos biens, et cette valise censée receler une petite fortune. Enfin c'est ce que je supposais. Je passe les détails et le calvaire qui suivit.

» Quelques jours plus tard, au marché de la ville la plus proche, dans une boutique d'artisanat pour touristes, quelle n'a pas été ma surprise en me retrouvant nez à nez avec cette valise. C'était bien la même, je l'aurais reconnue entre toutes ! Je me suis renseignée sans tarder auprès du marchand, qui m'a expliqué que c'était une acquisition toute récente, et la description du propriétaire correspondait fort à celle de notre voleur. Alors que je souhaitais y jeter un coup d'œil, l'homme m'a arrêtée d'un geste, me précisant qu'il ne fallait pas l'ouvrir, car elle n'était pas faite pour cela. Dans les nœuds compliqués de la ficelle qui bloquait la poignée et les serrures, j'ai reconnu l'œuvre de Moussa. « L'ouvrir porte malheur » m'a-t-il précisé. « Elle est à vendre ainsi ». Le prix exorbitant qu'il en demandait était largement au-dessus de mes moyens. Ce qui m'étonnait surtout, c'est que le voleur n'avait pas eu l'élémentaire curiosité d'en examiner son contenu. Peut-être à cause de cette mystérieuse malédiction ? Quoi qu'il en soit, ma décision était prise. Je suis sortie de la boutique, avant de prendre violemment à partie un jeune noir, l'accusant de gestes obscènes à mon endroit. Dans le tumulte qui en a résulté, j'ai fait main basse sur la valise et me suis éclipsée prestement.

Elle s'interrompit, secouant la tête, se moquant d'elle-même. Puis elle reprit :

» En plus d'être inconsciente, j'étais sotte. Car figurez-vous que je ne pouvais me résoudre à l'ouvrir. Je ne suis pas superstitieuse, loin de là, mais en Afrique, les choses prennent une autre valeur... Les gens, la pauvreté, la chaleur étouffante... On subit à son corps défendant ce climat étrange. Je sais que c'est difficile à comprendre, ici, en Angleterre...

— Oh je vous comprends très bien, Madame, soupira Margot. Et peut-être mieux que quiconque...

— Alors vous êtes prête pour la suite. J'ai fait peu après la connaissance d'un jeune Français, un déserteur de l'armée, qui avait trouvé refuge dans la boisson et les rapines. Un séducteur, malgré tout... Lors d'une soirée bien arrosée, j'ai eu le malheur de lui parler de ma mystérieuse valise. Le lendemain matin, il avait disparu. Et bien sûr la valise aussi. Mais cela ne lui a pas porté chance. On l'a retrouvé mortellement passé à tabac dans le local où il entreposait ses larcins, dont il ne restait plus rien ou presque. Il avait heureusement confié la valise et quelques effets personnels à un de ses amis. J'ai dû payer de ma personne pour la récupérer...

Après une mine dégoûtée, elle reprit rapidement

— Ce que j'aurais refusé en temps normal. Mais rien n'est normal, là-bas, comme je vous disais... En plus de la valise, l'homme eut quand même l'élégance de me remettre un peu d'argent ayant appartenu au défunt...

— Et la valise... était-elle toujours intacte ? s'inquiéta John.

— Oui... j'avais alors pris une décision : celle d'attendre mon retour en Europe pour l'ouvrir. Là-bas, j'estimais qu'aucun sort ne pouvait m'atteindre. Les semaines, les mois passèrent. J'avais pris confiance en moi, j'avais compris que je ne laissais pas les hommes insensibles. Au Caire, j'ai pu m'introduire dans la bonne société. Très convoitée, j'ai fini par accepter l'offre en mariage d'un Anglais fortuné, importateur d'antiquités. Et cela, au grand dam d'un riche négociant égyptien, qui ne lâcha pas prise. Peu après mon mariage, il a réussi à provoquer mon mari en duel… et je me suis retrouvée veuve une fois de plus. Là, je peux vous dire que c'en était fini pour moi avec les histoires de mariage, bien que le meurtrier de mon mari ait mis sur moi une pression constante pour me demander ma main. Prise d'une inspiration sournoise, je lui ai parlé de ma mystérieuse valise – dont je ne me séparais jamais –, tandis que nous faisions une croisière sur le Nil… Le lendemain matin, j'ai pu constater que les liens qui la bloquaient étaient toujours en place, mais modifiés. En la soupesant, je pouvais raisonnablement penser qu'elle recelait toujours son contenu. Mon soupirant égyptien, en revanche, avait disparu. On a retrouvé son cadavre sur les rives du Nil, au milieu de papyrus. Victime de noyade. Accident ou suicide ? L'enquête n'a pu le déterminer. Après d'autres déboires, sans intérêt ici, j'ai pu regagner la France, puis l'Angleterre. Maintenant, vous pouvez me croire ou non, j'ai attendu jusqu'à hier soir avant de me décider enfin à ouvrir cette mystérieuse valise…

Dans l'étouffant silence qui suivit, Margot leva lentement la tête en direction de la petite valise en crocodile, puis elle bredouilla :

— Ne me dites pas que…

— Si, c'est bien la même ! dit notre voisine avec un sourire de Joconde. Et il y a toujours… Enfin je suppose que vous aimeriez savoir ce qu'il y a dedans, n'est-ce pas ?

— Oui, approuva vivement John, les yeux brillants. Un silence de votre part serait très cruel pour nous...

Le sourire de l'inconnue s'accentua :

— Soit. Eh bien simplement : *c'est toutes les bêtises que je viens de vous raconter !*

Devant ses auditeurs médusés, elle renversa la tête en arrière et partit d'un rire gloussant, interminable. Enfin, lorsqu'elle eut recouvré son calme, elle ajouta :

— Vous me pardonnerez bien cette petite plaisanterie, dérisoire, vous en conviendrez, après tout ce que j'ai entendu sur ma personne. Je me présente, Vivian Richards, la nouvelle épouse de votre père, chère Margot. Ou votre nouvelle maman, si vous préférez...

3

LA DAME BLANCHE

Dans le grand salon de *Buckworth Manor*, Peter Corsham riait à chaudes larmes après avoir entendu le récit de Margot relatif à la fameuse valise. C'était un homme svelte, de taille moyenne, brun, à mi-chemin entre la trentaine et la quarantaine, d'allure assez décontractée. Ses fines moustaches, qui lui conféraient une certaine distinction, et son irrésistible sourire à fossettes avaient fait chavirer Ann. Enfin jadis – à l'époque de leur rencontre, avant qu'ils ne deviennent mari et femme –, car pour l'heure, elle le toisait sévèrement, offusquée par son hilarité.

— Je ne vois pas ce qu'il y a là de drôle, Peter ! grinça-t-elle. C'est une nouvelle preuve de son incroyable effronterie.

— Peut-être, ma chérie, mais elle ne manque pas de ressources !

— De ça, je n'en ai jamais douté, trancha Ann, les lèvres frémissantes de colère contenue, et dont le rouge tranchait sur son teint blême.

Ann Corsham ressemblait quelque peu à sa sœur, mais en plus mince, plus anguleuse. Ses cheveux blonds, emprisonnés dans une résille, révélaient pleinement son visage aux traits fins, aux yeux d'un bleu très pâle. Une beauté nordique, mais de type guerrière, surtout lorsqu'elle était contrariée.

— Enfin, ma chérie, c'était la réplique du berger à la bergère, et avec un certain sens de l'humour. Elle est peut-être plus fine que je ne le pensais... (Se tournant vers John Peel, il poursuivit :) Convenez-en, mon cher, elle aurait pu réagir autrement, non ? Après les peu flatteurs commentaires qu'elle venait d'entendre...

— C'est vrai, approuva le major, souriant du fond de son fauteuil. Il y avait vraiment de quoi être froissé... Tu ne trouves pas, ma chérie ?

Margot hocha la tête :

— Bien sûr. Et je m'en veux de mon étourderie. J'étais alors honteuse, vexée et amusée à la fois... Enfin, finalement tout s'est bien terminé, et nous sommes arrivés ici sans grincements de dents.

— Ah ça, elle très habile ! grinça Ann. Elle n'a pas sa pareille pour manipuler les gens, avec ses battements de cils candides...

— Il faut reconnaître que c'est un beau brin de fille, commenta John. Mais je me demande... Ses cheveux noirs, son teint assez mat... Est-elle bien d'origine anglaise ?

— La question de ses origines reste un mystère, dit Ann en plissant les yeux. Elle n'en parle pas beaucoup, et lorsqu'elle y consent, c'est par bribes ponctuées de plaisanteries, et dont l'ensemble n'est guère cohérent. Ça ne m'étonnerait pas qu'il y ait un fond de vérité dans la blague de son périple africain...

— L'affaire de la valise ! persifla Peter. Voilà qui ferait un bon titre de roman !

— Bon, assez parlé d'elle pour le moment, trancha Ann. John, Margot, vous avez peut-être envie de vous reposer, j'ai fait monter vos bagages dans votre chambre...

Margot resta muette. Ses yeux faisaient le tour du salon, tandis qu'elle sentait monter en elle la marée des souvenirs... Ces murs familiers, cette demeure où elle avait coulé les jours heureux de son enfance... Rien ne semblait avoir changé : les sombres lambris de chêne, les tableaux, les tapis, l'odeur d'encaustique, son mobilier plutôt varié, allant du cabinet d'inspiration chinoise aux bibliothèques vitrées Chippendale. Sa dernière visite remontait à plus de six mois. Ann et Peter s'étaient rendus chez elle à Londres peu après le retour de John, pour saluer le « miraculé », mais son père ne les avait pas accompagnés.

En franchissant une demi-heure plus tôt les grilles de la propriété, en traversant le parc, sous la voûte des chênes séculaires, en voyant croître devant elle le vénérable édifice de briques rouges, elle avait été saisie d'une appréhension. Ce retour au bercail était-il judicieux ? John semblait se réjouir à cette idée, et la sémillante Vivian ne paraissait nullement contrariée. Pourtant...

— Margot, tu es avec nous ? s'enquit sèchement Ann. À quoi penses-tu ?

— Eh bien... Je me disais que... Où est donc père ? Je m'attendais à ce qu'il vienne nous accueillir...

Après un coup d'œil à l'horloge à la pendule qui marquait un plus de la demie de 16 heures, Ann répondit :

— Il ne va pas tarder, je crois. Il se repose, comme tous les après-midi, depuis que... C'est vrai, je ne vous en ai pas encore parlé. Tu sais, Margot, qu'il a toujours eu une santé de fer, qu'il mettait un point d'honneur à bouder les médecins. Mais depuis l'année dernière, il a commencé à avoir des problèmes cardiaques. Une première alerte, une seconde, puis une troisième qui nous a beaucoup inquiétés. Cette fois-ci, le verdict médical fut sans appel : éviter toute activité soutenue, toute émotion vive, et s'astreindre au repos autant que possible, sous peine de rejoindre prématurément Saint Pierre. Quant à nous, nous devons veiller à ne pas le contrarier, le mettre en colère... Argument judicieusement utilisé par la partie adverse, si tu vois de qui je parle. Autrement dit, se laisser immoler sans dire un mot de protestation. Tu mesures mieux l'ampleur du problème désormais, chère sœur, n'est-ce pas ?

— Ce qui ne l'a pas empêché d'épouser une fougueuse créature, ironisa Peter en se resservant un whisky. Mais nous n'en sommes plus à une contradiction près...

Un bruit de pas dans l'escalier les fit tous sursauter. Puis la porte s'ouvrit sur le maître de céans.

De taille haute, le maintien fier, sir Matthew Richards avait encore beaucoup d'allure. Il se montra très accueillant avec les nouveaux venus.

— La maison vous est grande ouverte, mes enfants, et aussi longtemps que vous le souhaitez. Margot, tu aurais pu venir me rendre visite un peu plus souvent, non ? Quant à vous, John, sachez que je suis sincèrement ravi de vous revoir, d'avoir appris la nouvelle de votre « résurrection ». J'espère que vous me pardonnerez un jour de ne pas m'être montré très conciliant à l'époque, parce que... enfin vous m'avez compris. Ce que vous avez enduré dans les montagnes afghanes impose le respect, la considération, et surtout ma sincère sympathie. Bref, vous êtes le bienvenu dans la famille, et je suis fier d'avoir un gendre comme vous, qui aura beaucoup donné pour le royaume. Et toi aussi, Vivian, ma chérie, tu partages ma fierté, n'est-ce pas ?

— Bien sûr, susurra la jeune lady Richards, les yeux brillants et rieurs. J'avoue avoir hâte de connaître en détails le récit de vos péripéties indiennes...

Un peu plus tard, Peter entraîna John dans le parc, lui proposant de lui faire visiter les environs. Après avoir allumé une cigarette, il déclara à son compagnon :

— Je crois que vous l'avez à la bonne chez le vieux, John. Et chez la princesse aussi... Vous avez de la chance ! Car entre nous, c'est parfois à couteaux tirés... Oh rien de méchant. Disons qu'elle n'apprécie pas toujours mes plaisanteries... surtout celles qui remettent en cause son statut privilégié. Sinon, que pensez-vous d'elle ?

Le major John Peel frotta machinalement sa joue blessée, avant de répondre :

Très jolie femme... Je comprends qu'elle ait pu faire tourner la tête à notre beau-père.

— Bien sûr. Mais pour le reste ? Croyez-vous sincèrement que cette passion soit partagée ?

— Ma foi, j'ai connu maints officiers d'âge mûr dans des situations similaires. Dans certains cas, leurs jolies compagnes qui auraient pu être leurs filles semblaient assez éprises...

— Peut-être l'attrait de l'uniforme ?

— Peut-être...

— Ou celui du compte bancaire ?

— Je pense que les situations ne sont pas toujours aussi tranchées. Entre la grande passion et une amitié profonde ou reconnaissante, il est parfois des zones difficiles à déterminer.

Peter écrasa d'un pied ferme sa cigarette sur l'allée de gravier.

— Je vois. Elle vous a déjà conquis vous aussi, mon cher !

Le sourire du major accentua les sillons des ses cicatrices

— Je vous l'ai dit, elle est très jolie...

— Je crains que vous n'ayez pas une grande expérience des femmes. Ce qui est bien compréhensible au demeurant, après votre exil prolongé dans ces contrées sauvages...

— Je l'avoue. Depuis que j'ai quitté notre île, la guerre fut hélas ma principale maîtresse. Mais vous-même ?

— Eh bien… disons que j'ai assez d'expérience pour savoir ce qui peut se cacher derrière un joli minois. Je ne parle pas d'Ann, bien sûr. Au début, lorsque Vivian a débarqué ici comme simple secrétaire, je la trouvais fort sympathique. Je trouvais même qu'elle apportait un peu de fraîcheur dans ces vieux murs. Mais ensuite, petit à petit … (Il serra le poing et regarda son compagnon droit dans les yeux :) Enfin, John, ce n'est pas naturel qu'une pouliche de son genre s'éprenne soudain d'un vieillard, non ?

Toujours avec le sourire, John Peel répondit :

— Je ne suis pas un imbécile, rassurez-vous. L'air des montagnes ne m'a pas complètement ramolli la cervelle…

Un sujet de conversation assez semblable animait les deux sœurs, installées dans un petit salon à l'étage. La nuit tombante peuplait d'ombres la petite pièce confortable, où ne brillait aucune lampe.

— Franchement, Ann, c'est encore trop tôt pour me faire une idée précise d'elle, soupira Margot, même si j'ai confiance dans ton jugement. Et quand bien même… Pouvons-nous nous opposer à la volonté de notre père ? Aller à l'encontre de son choix ? Qu'attends-tu de moi, au juste ?…

— C'est bien simple, il faut que tu m'aides à lui ouvrir les yeux. Moi, il ne m'écoute pas, et Peter non plus. Il a déjà essayé, mais il s'est vite fait remballer. Avec une mâle condescendance, père lui a répliqué que c'était la jalousie qui animait ses propos. J'en étais vexée pour lui, et pour moi aussi au passage. Comme si moi, sa fille, j'étais désormais éclipsée par cette garce aux yeux des hommes. Mais en parlant des volontés du paternel, tu as touché le point sensible, Margot : père a convoqué son notaire il y a deux semaines pour faire modifier son testament. Bien qu'il ne m'ait rien dit, on imagine aisément dans quel sens...

— Tu en es sûre ?

— Oui, car j'ai eu l'occasion de pouvoir jeter un coup d'œil sur l'ancien, déchiré, dans la poubelle. Un coup d'œil très bref, hélas, car il a été à deux doigts de me surprendre. Eh bien il y a d'autres noms que les nôtres, figure-toi. Entre autres, celui de la jeune Seagrave, la fille de la lavandière, tu te souviens d'elle ?

— Lethia ? Bien sûr. Nous jouions jadis avec elle...

— Eh bien ces derniers temps, j'ai peur que son camarade de jeu, ce soit notre père... Elle a toujours été un peu bizarre, tu le sais bien, hors norme, à moitié sauvageonne, toujours fourrée avec ses bestioles. Mais depuis quelques années, surtout depuis la mort de sa mère, ça ne s'est pas arrangé. Elle vit plus ou moins recluse dans sa maison. Toutes sortes de rumeurs circulent sur son compte, et on ne se sait pas trop comment elle parvient à subsister. Peut-être grâce à ses dons de voyante, étonnants selon certains, et surtout selon père, qui allait souvent lui rendre visite pour son horoscope, avant son mariage. Enfin c'est ce qu'il prétend. Je gage qu'il y avait d'autres motifs, beaucoup moins avouables, derrière tout ça, derrière ces « séances » largement monnayées, j'ai pu m'en rendre compte. La présence de son nom sur son ancien testament n'a fait que confirmer mes soupçons.

Margot poussa un profond soupir :

— Il a toujours été homme à femmes...

— Oui, approuva Ann avec un sourire amer. Je ne sais pas si notre jolie voyante lui a prédit qu'il connaîtrait bientôt « la femme de sa vie »... En tout cas, elle a été supplantée par une magicienne plus douée qu'elle, qui a réussi à passer la bague au doigt à notre père, et sans doute troqué son nom contre le sien sur le testament.

— Dans mes souvenirs, Lethia n'a jamais été une mauvaise fille. Bizarre peut-être, mais gentille. Elle soignait toujours les animaux blessés...

— Ça, oui ! Elle est évidemment plus crédule et plus naïve que méchante. Ce n'est pas elle qui est à blâmer dans l'histoire, mais père qui perd complètement la boule...

On entendit frapper à la porte à ce moment-là. Puis la silhouette d'Esther parut dans l'embrasure.

— Le dîner sera prêt dans dix minutes, annonça-t-elle d'une voix neutre, avant de se retirer.

Esther, la brave Esther, songea Margot. Qui ne changeait pas, ou si peu. Un beau visage lisse, à peine griffé par le temps, aux pommettes hautes, un peu comme les Eurasiennes, et mis en valeur par un chignon serré. Malgré ses soixante ans, elle avait conservé sa belle silhouette, que moulait invariablement une robe noire. Elle était leur gouvernante d'aussi loin qu'elle s'en souvînt.

— Je vois ce que tu penses, ma chère, déclara Ann dans la pénombre grandissante. Esther, la fidèle Esther... Notre seconde mère pour ainsi dire... Après le décès de maman, vois-tu – mais tu n'étais pas là –, je me suis demandée si père n'allait pas la récompenser pour ses loyaux services. Eh bien non. Rien. Pour lui, Esther fait partie des meubles. Il ne la voit même plus...

— Tu veux dire... l'épouser ?

— Oui. Et je crois que c'aurait été pour lui une des plus sages décisions de son existence.

— Et elle... comment a-t-elle réagi ? Je veux dire après l'arrivée de Vivian...

— Toujours égale à elle-même. Impassible, mesurée, comme il faut, jamais obséquieuse, jamais un mot de travers... Mais je devine ce qui couve dans ses yeux noirs, lorsqu'elle observe Vivian à la dérobée... Elle doit penser la même chose que nous. Bien, et si nous allions nous jeter dans l'arène ?

✱ ✱ ✱

Les jours suivants s'écoulèrent sans incident particulier. L'air de la campagne semblait avoir une influence bénéfique sur la santé du major John Peel, qui réfléchissait désormais à son avenir professionnel. Son beau-père, avec qui il s'entendait bien, lui avait dit de ne pas s'inquiéter à ce sujet, qu'il allait prendre les choses en main, comme il l'avait fait pour Peter. Ce dernier dirigeait une compagnie d'assurance dans la City avec des horaires privilégiés. Il n'allait à Londres que deux ou trois jours par semaine, tout comme Margot. Une Margot qu'on voyait souvent en conciliabule avec sa sœur. Peter et John mesuraient régulièrement leur adresse dans la salle de billard, ou au bridge, en compagnie des trois jeunes femmes de la maison. Le calme régnait donc dans la vaste demeure ancestrale, jusqu'à la nuit du samedi suivant...

Peu après minuit, Esther fut réveillée par des bruits de pas dans le couloir, à l'étage, où se trouvaient les chambres à coucher. Sur le pas de la porte, encore à demi-endormie, elle entendit le bruit d'une porte claquer, sur sa droite, tout au fond. Sans doute celle donnant sur le petit bureau, pour autant qu'elle pût en juger. La lumière du couloir était allumée. Inquiète, elle s'y dirigea à pas lents. Derrière le battant fermé, elle tendit l'oreille. Des bruits d'agitation... Il y avait bel et bien quelqu'un dans la pièce, elle ne s'était pas trompée. Elle frappa à la porte... Toujours des bruits, puis le battant finit par s'ouvrir sur un sir Matthew en pyjama, les traits défaits, qui haleta :

— Ah, c'est vous, Esther ! Il est arrivé une chose incroyable... Voyez...

La gouvernante jeta un coup d'œil circonspect dans la pièce, où elle ne nota rien de particulier, n'étaient les battants grands ouverts de l'armoire.

Dans son dos, elle entendit des bruits de pas. Peter et John Peel venaient de les rejoindre.

— Eh bien, qu'y a-t-il ?

— Vous ne voyez donc pas ? Elle a disparu !... répondit sir Matthew, les yeux ronds

— Mais... de qui parlez-vous ?

— De la Dame Blanche ! Elle était dans ma chambre... elle est sortie... elle est entrée dans cette pièce... *où elle s'est littéralement évaporée !*

4

LE FANTOME DE LA FONTAINE

22 septembre

Au volant de son véhicule de fonction, l'inspecteur Richard Lewis, songeur, traversa Buckworth. Ce village, qu'il connaissait bien pour y être né, affichait toujours la même mine morose – surtout lorsque le temps était à la grisaille, comme ce lundi après midi, avec ses vieilles maisons de briques ou de granit, regroupées frileusement autour de l'église, dont le clocher émergeait comme la pointe d'une lance menaçante. C'étaient évidemment les origines de l'inspecteur Lewis qui lui avaient valu la charge de cette mission bien particulière, aux allures de chasse aux fantômes, ou de Dame Blanche plus exactement. Ce qui revenait au même. Seule la personnalité de sir Matthew pouvait expliquer qu'on prenne en haut lieu cette affaire au sérieux, au point d'ouvrir une enquête. Le fantôme de la Dame Blanche qui hante Buckworth ? Il en avait toujours entendu parler, comme tous les habitants. Mais pour ce qui est de la voir... Il ne se souvenait pas d'avoir entendu de témoignage sérieux à ce sujet. Du moins pas à l'époque. Rien que des racontars, ou des divagations d'ivrognes ou de gamins. Il est vrai qu'il avait quitté Buckworth depuis ses études secondaires. Une vingtaine d'années avaient passé, durant lesquelles il estimait avoir réussi un assez beau parcours. Brun, sportif, la moustache en croc, le nez légèrement busqué, une mine plutôt sérieuse, il avait un abord naturellement imposant, rehaussé par ses nouvelles fonctions.

Il ne s'était que rarement introduit dans le saint des saints, l'édifice de *Buckworth Manor*, songeait-il en franchissant la grille de la propriété des Richards. Une ou deux fois tout au plus, peut-être à l'occasion d'une kermesse de village. La fontaine au centre de l'allée, sur laquelle veillait une nymphe gracieuse, était toujours en place. Comme tous les gamins du village, il jalousait les occupants des lieux. Pourtant, la famille Richards n'était guère collet monté. Sir Matthew était un homme plutôt sympathique, allait régulièrement à l'office, et prenait le temps de discuter avec tout le monde. Cependant, ce n'était pas un saint pour autant…

Le gravier crissait sous les pneus du véhicule, jusqu'à ce qu'il s'immobilise devant l'entrée. Quels tracas l'attendaient derrière l'élégante façade se dressant devant lui ? Qu'elle fût bénigne ou importante, l'affaire allait à l'évidence exiger de lui un certain doigté. En tout cas, quel que fût son degré d'appréhension, il était loin d'imaginer la suite des événements. S'il l'avait su, il aurait assurément fait demi-tour séance tenante.

Il inspira profondément avant de s'extraire du véhicule.

Un peu plus tard, il se retrouvait installé dans un fauteuil du salon, en compagnie de la maisonnée au grand complet. L'atmosphère était alors assez détendue, après les présentations et retrouvailles, car comme nous l'avons vu, Richard Lewis était un enfant du pays.

Ayant pris quelques notes dans son calepin, il résuma la situation.

— Bien, nous avons là deux manifestations singulières d'une personne que nous allons appeler la Dame Blanche pour simplifier les choses. Une première fois, il y a environ trois mois, et avant-hier soir, événement plus inquiétant, plus précis, dont vous avez été victime, sir Matthew...

Le maître de maison pinça les lèvres.

— Victime, c'est peut-être excessif...

— Soit. Nous y reviendrons. Je pense qu'il vaudrait mieux aborder les faits de manière chronologique. Et c'est donc vous, Mr Corsham, qui l'aviez vue le premier cette nuit-là, vers la mi-juin si j'ai bien compris.

— Oui, approuva Peter, qui venait d'allumer une cigarette. Mais je ne sais plus quel jour exactement...

— Je pense que c'était un dimanche soir, précisa Ann, assez tendue. Je crois me souvenir que nous étions allés à l'office en matinée.

— C'est possible, reprit Peter. Quoi qu'il en soit, j'avais du mal à trouver mon sommeil et j'étais sorti pour fumer une cigarette. Il devait être aux alentours de minuit. J'étais près de la fontaine lorsque je l'ai aperçue...

— La lumière de l'entrée était-elle allumée ? demanda l'inspecteur.

— Non, je ne pense pas. Mais la lune devait éclairer les environs, enfin suffisamment pour qu'on y distingue quelque chose. Venant de l'entrée principale de la propriété, cette personne se dirigeait lentement vers moi... D'emblée, j'ai senti qu'il y avait quelque chose de bizarre. Peut-être parce qu'elle était très silencieuse... Je n'en suis pas sûr, mais il me semble que je n'entendais pas ses pas crisser sur le gravier. C'était une jeune femme, toute de blanc vêtue... C'était tellement singulier que je n'ai pas bougé. La nuit était douce, mais j'ai soudain senti une impression de fraîcheur... Je ne voyais pas son visage, mais je crois qu'elle souriait... Je crois aussi qu'elle a tendu la main vers moi...

— Vous croyez ? insista le policier.

Peter serra le poing, mal à l'aise.

— Oui... mais j'étais tellement surpris... Pour tout dire, j'étais assez inquiet, car tous ces racontars du village me sont soudain revenus à la mémoire.

— Et alors, vous avez fait demi-tour ?

— Non, et je n'ai pas bien compris ce qui s'est passé ensuite... Elle s'est arrêtée, regardant derrière moi, comme s'il elle avait vu je ne sais quoi... Puis elle a pivoté sur les talons, mais au lieu de se diriger vers la sortie, c'est-à-dire les grilles de l'entrée, elle a obliqué à droite, traversant la pelouse, jusqu'à la grande grille de clôture... L'endroit était plus sombre à cause des grands arbres, mais je voyais encore nettement sa silhouette blanche. Et alors, j'ai eu l'impression qu'elle a franchi la grille comme si celle-ci n'existait pas. Puis elle a disparu... J'ai dû me tromper, être abusé par un jeu d'ombres, c'est évident, mais c'est en tout cas l'impression que j'ai eue sur le coup. J'étais dans un drôle d'état, et Ann peut vous le dire, car elle est arrivée à ce moment-là.

L'inspecteur se tourna vers l'intéressée, embarrassée comme son mari :

— Oui, je venais de rejoindre Peter... qui n'en menait pas large. Mais je ne savais alors pas de quoi il retournait. Je n'ai plus vu la femme à ce moment-là, mais je l'avais aperçue une minute plus tôt, du haut de la fenêtre de notre chambre. De loin, pour moi, ce n'était qu'une ombre. Comprenez, je venais de me réveiller à mon tour, de me rendre compte que j'étais seule dans notre lit.

— Aviez-vous allumé la lumière, alors ?

Ann répondit après un haussement d'épaules :

— Oui, sans doute... C'est en général ce que je fais en me levant.

Le policier hocha la tête, pensif :

— Alors, c'est cela que notre Dame Blanche a aperçu, la fenêtre éclairée sur la façade, et qui l'a incitée à faire demi-tour...

— C'est possible. Je suis donc descendue dans le hall, je suis sortie, et j'ai aussitôt rejoint Peter, aussi figé que la nymphe de la fontaine... Je dois dire que j'étais plutôt contrariée à cet instant, car je songeais davantage à une trahison de sa part qu'à une visite de cette créature. D'autant qu'il s'est perdu en explications confuses au sujet d'une passante égarée...

— C'est vrai, dit Peter. Mais si je t'avais parlé alors de la Dame Blanche, tu m'aurais encore moins cru... et tu m'aurais sans doute flanqué une belle paire de gifles !

— C'est possible, sourit Ann.

— Et vous auriez certainement bien fait, persifla Vivian, amusée. Les hommes méritent toujours les gifles !

— Pour une fois, répliqua Ann, nous sommes d'accord, ma chère. Mais certaines femmes aussi, il me semble...

Ignorant l'escarmouche, Peter reprit avec hargne :

— Je me suis peut-être trompé au sujet de cette grille, qu'elle aurait franchie sans rencontrer d'obstacle. Et idem pour le sourire et la main tendue... Mais pas pour l'impression de froid ! Il y avait quelque chose de glacé en elle... Une étrange fraîcheur qu'elle m'a communiquée à son approche.

— Très bien, fit le policier. Disons que jusqu'ici, les faits sont un peu flous, mais troublants quand même.

Et vous, sir Matthew, avez-vous également ressenti cette impression de fraîcheur lorsque cette « Dame Blanche » vous est apparue ?

— Oui, réfléchit le maître de céans. Indiscutablement... Mais commençons par le commencement. Je me suis couché assez tôt ce soir-là, n'étant pas trop dans mon assiette. Et lorsque c'est le cas, Vivian et moi faisons chambre à part. J'ai bouquiné un peu avant de m'endormir. Je me souviens de m'être soudain réveillé, les membres glacés... Ce qui n'est pas mon habitude, soit dit entre parenthèses. J'ai allumé la lampe de chevet, et c'est alors que je l'ai vue, devant moi, au beau milieu de la chambre. Tout de blanc vêtue, avec un châle sur la tête et une robe longue ou une cape. Elle devait me contempler depuis un moment dans l'obscurité. Et elle me souriait...

— Pourriez-vous la reconnaître ?

— Peut-être, mais je n'ai jamais vu un visage aussi ravissant...

— Merci pour moi, mon chéri, commenta Vivian, boudeuse.

— Et ensuite, que s'est-il passé ? reprit rapidement le policier.

— Elle continuait de me fixer, et je sentais un froid toujours plus vif me pénétrer, tandis qu'elle s'approchait. Nouvel examen de ma personne, puis elle a levé la main, qu'elle a contemplée un instant, avant de secouer la tête... Puis, comme si elle venait de changer d'avis, elle s'est dirigée lentement vers la porte, qu'elle a ouverte... Elle est sortie en m'adressant un sourire comme pour m'inviter à la suivre... Enfin c'est l'impression que j'ai eue. Comme hypnotisé, je me suis levé et lui ai emboîté le pas... Je l'ai alors vue au bout du couloir, au moment où elle s'engouffrait dans le petit bureau.

— Vous l'avez vue ouvrir et refermer la porte derrière elle ?

— Oui, et j'étais certain qu'elle ne pouvait pas s'échapper. Car cette petite, toute ravissante qu'elle soit, me devait des explications. Je suis allé directement dans cette pièce, et j'ai refermé la porte derrière moi. Elle devait se cacher, car je ne la voyais plus. J'ai tout de suite remarqué que la fenêtre était fermée. Puis j'ai ouvert l'armoire en grand. Personne, ni derrière le grand miroir pivotant. Là, j'ai commencé à me poser des questions, j'ai fouillé le reste de la pièce, puis on a frappé à la porte. C'était Esther. Puis les autres sont arrivés dans la foulée, pour constater avec moi que cette étrange apparition s'était mystérieusement envolée... Le mieux, inspecteur, serait que vous jetiez un coup d'œil sur les lieux pour vous faire une idée plus précise de la situation.

— Je n'y manquerai pas, soyez sans crainte. Ce que nous pouvons noter dès à présent, c'est que ces deux incidents présentent d'évidentes similitudes. Même apparence et même comportement de l'intruse, même impression de froid et même disparition mystérieuse. Bref, tout porte à croire que nous avons affaire à notre fameuse Dame Blanche locale...

— Vous croyez donc à cette légende, inspecteur ? s'enquit le major John Peel avec un rictus en coin.

— Nullement. Je fais simplement le point de la situation. Sinon, mis à part ces deux interventions, s'était-elle déjà manifestée par le passé, ici, au manoir ?

Sir Matthew eut un geste de dénégation :

— Pas à ma connaissance. Mais en vous renseignant au village, vous récolterez sans doute d'autres témoignages la concernant...

— Je n'en doute pas, soupira le policier. Mais là, nous risquons d'entendre beaucoup de choses, et il va être difficile de faire le tri... Le problème, aussi, c'est que cette mystérieuse visiteuse n'a pas véritablement commis de délit, si ce n'est celui d'une intrusion. C'est pourquoi je vous demande de bien réfléchir, sir Matthew, à son attitude. Était-elle réellement menaçante ? Car en somme, vous la décrivez presque comme un ange bienveillant...

— C'est une bonne question, fit son hôte en hochant la tête. Il est vrai qu'à aucun moment elle n'a eu un geste d'hostilité. Mais comment dire ?... Il y a toutes sortes d'anges, les bons et les mauvais... Un sourire n'est pas nécessairement joyeux, il peut être inquiétant...

— Et c'est ce que vous avez ressenti ?

— Je ne sais pas... C'était indéfinissable... Je dois dire que la première fois que je l'ai aperçue, après avoir fait la lumière, j'ai eu un drôle de choc. Avant que je ne la dévisage, il m'a semblé que c'était un ange de la pire espèce....

— Comme l'ange de la mort ?

— Oui, c'est le mot juste, inspecteur. Mais ensuite, avec son si charmant sourire...

— Vous comprenez, on ne peut parler de réelle menace dans ces conditions. Ni dans ce cas, ni dans celui de Mr Corsham.

— Mais alors, que comptez-vous faire ?

— Dans l'immédiat, si vous le permettez, j'aimerais bien jeter un coup d'œil sur les lieux.

Quelques instants plus tard, l'inspecteur Lewis examinait la chambre à coucher de sir Matthew. Sur le sol, pourvu d'une épaisse moquette, qu'il inspecta soigneusement, il ne découvrit rien de suspect. Ni dans l'armoire, ni dans les placards faisant face au lit. Et nulle trace d'effraction sur la fenêtre. Machinalement, il s'empara du livre sur la table de chevet, à côté d'une lampe à abat-jour.

— *Le Voyage sentimental de Sterne,* commenta-t-il, amusé. Un grand classique…

— En effet, et Vivian adore ce livre…

— C'est celui que vous lisiez l'autre soir ?

— Euh non… Je ne sais plus où j'ai mis l'autre. Cela a-t-il une importance ?

— Non, bien sûr. Ce qui est plus important à mes yeux, c'est la manière dont notre visiteuse a pu s'introduire ici. Je suppose que le manoir est bouclé, la nuit ?

— Oui, et nous n'avons trouvé nulle trace d'effraction. Cela étant, ce n'est pas une forteresse non plus. Enfin le problème majeur, c'est surtout celui de la disparition de notre visiteuse, dans l'autre pièce…

— Nous y allons de ce pas.

Le petit bureau se trouvait à l'extrémité ouest du grand couloir, qui desservait une dizaine de pièces, situées de part et d'autre, dont la plupart étaient des chambres à coucher. Le palier de l'escalier principal, qui partait du rez-de-chaussée, aboutissait au milieu du couloir. Sur la droite, en débouchant là, se trouvait la chambre d'Esther, et directement en face, il y avait celle de Vivian, attenante à celle de son mari.

Comme son nom l'indiquait, le petit bureau n'était pas une vaste pièce. Plutôt un endroit intime, pourvu de nombreux rayonnages, avec une table centrale chargée d'un globe terrestre de belle facture. L'unique fenêtre, située à l'ouest, lui faisait face, encadrée de lourdes tentures. Dans le coin droit de ce même pan de mur, se dressait un grand miroir inclinable, pivotant sur un support de bronze finement ciselé. Contre le mur sud - à gauche en entrant - se dressait une vaste armoire, faisant un peu office de penderie. Deux tabourets, un fauteuil, une console et une petite table circulaire constituaient le reste de l'ameublement. Richard Lewis examina soigneusement le tout, mais sans résultat. S'adressant à son hôte, il demanda :

— La fenêtre était bien fermée lorsque vous êtes entré dans cette pièce ?

— Oui, et tout le monde pourra vous le confirmer, dont Esther entre autres…

— Oui, certifia la gouvernante. J'y ai tout de suite jeté un coup d'œil quand sir Matthew m'a expliqué la situation…

— Et si notre intruse s'était cachée derrière la porte au moment de votre irruption ? Pour s'esquiver subrepticement juste après, alors que vous aviez le dos tourné ?

— Ça, c'est totalement impossible, reprit Esther. J'étais dans le couloir lorsque sir Matthew s'est introduit dans la pièce. Et les autres sont arrivés immédiatement après… Personne n'a pu s'échapper de cette pièce par la porte à ce moment-là.

– Affirmatif, dit le major Peel. J'ai fait irruption dans le couloir au moment où Esther entrait ici… Et Peter est sorti de sa chambre juste après.

L'intéressé confirma par un hochement de tête.

— Eh bien alors, capitula l'inspecteur, c'est tout bonnement impossible. Notre visiteuse n'a pas pu s'échapper de là, si l'on s'en tient à vos témoignages. (Se tournant vers son hôte, il reprit :) Dans ces conditions, et sans vouloir vous froisser, sir Matthew, il me faut reconsidérer le vôtre…

— Comment ? s'offusqua celui-ci. Vous mettriez ma parole en doute ?

— Non, bien sûr. Votre bonne foi ne saurait être mise en cause. Simplement, je me demande si vous n'avez pas été victime d'un cauchemar. Vous savez, on croit sincèrement vivre ce qu'on ressent sur l'instant, alors...

— Je sais ce qu'est un cauchemar, inspecteur ! Comme vous, je l'ai bien sûr envisagé ! Et presque à chaque seconde de ces éprouvants instants, si j'ose dire. Mais tout cela s'est déroulé en continu... cette jeune femme est sortie de ma chambre à coucher, je l'ai suivie sans la lâcher des yeux jusqu'ici, je suis entré à mon tour, tandis qu'Esther m'a vu à ce moment-là... Vous pouvez peut-être nous traiter de vieux fous tous les deux, mais alors il faudra aussi inclure mon gendre, lorsqu'il a vu cette créature franchir en toute aisance les solides barreaux de notre clôture !

— Ce n'était qu'une hypothèse, monsieur, s'excusa le policier, rouge de confusion. Une simple hypothèse, qui comme toutes les hypothèses, mérite d'être explorée à fond avant de...

— Je me demande si c'est ici que vous trouverez la solution, intervint Ann, le visage grave.

— Que voulez-vous dire ?

— Qu'il existe au village une personne qui passe, aux yeux de beaucoup, pour être cette fameuse Dame Blanche...

— Ah ? Et qui ça ? s'étonna sir Matthew, devançant l'inspecteur qui avait ouvert la bouche pour parler.

— Tu le sais très bien, le défia Ann. La jeune Seagrave... Et je te rappelle que sa mère, la lavandière, qui porte bien son nom d'ailleurs, avait cette même réputation du temps de son vivant.

— Lethia ? Elle, la Dame Blanche ? Et tu ne penses pas que je l'aurais reconnue ?

— Ah ça oui, bien sûr. Je n'en doute pas un instant, cher père. En tout cas, je ne compte plus les personnes qui l'ont aperçue la nuit en train d'errer du côté des ruines, près de l'étang ou ailleurs…

— Ann, ma chérie, tu fais complètement fausse route. Ce ne sont que des racontars ridicules…

— Tu l'as vue, ces derniers temps ? insista-t-elle, faisant front à son père.

— Ces deniers temps ? Eh bien…

— Mais qui est cette Miss Seagrave ? intervint sèchement Vivian, dardant un regard foudroyant sur son mari.

— Mais je t'en ai déjà parlé ! C'est cette jeune fille qui tire les cartes… Et elle est très douée, vraiment… D'ailleurs, elle m'avait même annoncé un grand bonheur dans ma vie, à peine quelques jours avant notre rencontre, ma chérie !

5

L'ORACLE DE LETHIA

27 septembre

Qui était réellement Lethia Seagrave ? Comme bien d'autres, Peter Corsham se posait la question, tandis qu'il se rendait chez elle cet après-midi-là – une semaine après l'incident survenu au manoir –, bien décidé à percer le mystère de sa personnalité, sous prétexte d'une consultation d'oracle. Il la connaissait un peu, lui ayant déjà parlé occasionnellement, ce qui faciliterait sa manœuvre. Ann, au courant de sa démarche, lui avait donné son aval, d'autant qu'elle la soupçonnait d'avoir ensorcelé son père. « Découvrir ses ruses et ses stratagèmes, afin de mieux pouvoir la confondre », lui avait-elle recommandé avec une froide détermination.

La maison de Lethia Seagrave se trouvait au bout de la route qui remontait la petite colline au nord du village. Un cottage sans éclat, à moitié envahi par la végétation. Une volée de marches menaient à un portique en bois, de belle facture à l'origine, bien que passablement délabré désormais, et à moitié recouvert de lierre. Regardant vers l'ouest, une spacieuse terrasse vitrée flanquait le bâtiment. Sur le montant d'un panneau vitré ouvert, trônait une corneille, qui ne bougea pas à l'approche de Peter. Les animaux sauvages et errants étaient les seuls compagnons de la jeune fille. Selon la rumeur, elle possédait un don hors du commun pour les soigner.

Lorsqu'elle apparut sur le seuil, après qu'il eut actionné le carillon de l'entrée, elle dit simplement.

— Ah, c'est vous... Je vous attendais.

— Vous m'attendiez ? s'étonna-t-il. Quelqu'un vous aurait informé de ma visite ?

— Non. Mais je le savais.

Peter réprima un sourire. Les divinations « a posteriori » devaient faire partie de sa panoplie de ruses pour mystifier les gogos. Qu'elle eût la naïveté de le ranger dans cette catégorie allait lui faciliter la tâche...

Quelques instants plus tard, il se retrouvait installé dans un fauteuil en cuir aux flancs lacérés, probablement par les deux chats somnolant auprès de leur maîtresse, lorsque l'envie leur prenait de se faire leurs griffes. Lethia était assise dans un fauteuil en osier, encadré de belles plantes vertes, un peu à contre jour. Elle devait avoir le même âge qu'Ann, mais paraissait plus jeune du fait de son aspect vaguement farouche et de ses vêtements moins conventionnels. Elle portait un pantalon de soie noir très ajusté et une tunique de la même matière, couleur vermillon, ornée de broderies dorées aux motifs floraux. Mince, souple, elle présentait un visage plutôt étroit, encadré de longs cheveux châtain, qui faisait ressortir ses grands yeux marron au regard énigmatique. Elle avait indiscutablement une allure féline - sans doute très étudiée selon Peter, qui entendait bien ne pas se laisser impressionner par ce personnage de façade. Mais il devait cacher son jeu, observer une attitude humble, en accord avec sa requête.

— Je suis venu pour une consultation, commença-t-il. Mais je suppose que vous le savez déjà, n'est-ce pas ?

Avec un sourire à la fois condescendant et amusé, elle répondit :

— C'est en général la raison pour laquelle on me rend visite...

— En fait, ce n'est pas véritablement mon avenir qui m'intéresse. Encore que toute précision à ce sujet serait la bienvenue... C'est surtout au sujet de cette Dame Blanche, qui semble avoir jeté son dévolu, ces temps-ci, sur notre famille... Je suppose que vous êtes au courant de sa dernière manifestation ?

— Bien sûr, on ne parle que de ça au village. D'ailleurs, j'ai même reçu la visite d'un policier il y a quelques jours, et pas pour une consultation ! L'inspecteur Lewis, en fait une vieille connaissance, ajouta-t-elle, amusée. Si bien qu'il était assez embarrassé en me posant toutes ces questions... Mais peu importe. On m'a dit, Mr Corsham, que vous avez été vous-même un des témoins directs de cet incident, et d'un autre plus ancien, n'est-ce pas ?

— C'est exact, mais...

— Eh bien commencez par m'en parler. Rien ne vaut un témoignage de première main pour se faire une idée précise...

Bien que conscient de cette inversion de rôles – c'était elle et non lui qui posait les questions –, Peter lui narra les faits par le menu, tout en l'observant à la dérobée. Surtout ses grands yeux marron, qui semblaient être les moteurs de sa personne.

— Vous comprenez, conclut-il, qu'il est important pour nous de mieux connaître cette femme énigmatique. Je m'adresse à vous autant en tant que voyante qu'en enfant du pays. Vous avez toujours vécu ici. Le personnage de cette Dame Blanche doit vous être familier...

— Je ne suis pas exactement ce qu'on appelle une voyante, en fait. Mais peu importe. Je peux vous parler d'elle...

Son regard se fit lointain, tandis qu'elle joignait les extrémités de ses doigts délicats :

— Nul ne pourrait nier son aura, son influence sur le village. Je la vois comme une créature vaporeuse, nimbée de beauté et de mystères. Il serait vain de vouloir la confondre, de la percer à jour, en recoupant les divers témoignages de ceux qui l'auraient aperçue. Aux yeux des profanes, ses desseins paraissent aussi sombres que la nuit elle-même... Mais pour qui sait la comprendre, elle est une composante indispensable de l'harmonie, de la vie telle que l'a conçue le Créateur. Elle est à la fois la lumière et les ténèbres, aussi inéluctable et implacable que le Temps qui passe...

Elle continua ainsi sur le même registre, avant que Peter ne l'interrompe :

— Vous en parlez comme si vous étiez une de ses ferventes admiratrices !

— En effet. Elle m'a même inspiré deux ou trois poèmes...

— Ah ? Vous écrivez aussi des poèmes ?

— Oui, cela m'arrive, répondit Lethia avec un négligent haussement d'épaules. Parfois de moi-même, parfois sous inspiration...

— J'ai peur de ne pas suivre...

— Il m'arrive de pratiquer ce qu'on appelle vulgairement « l'écriture automatique ». Pour simplifier, c'est une prose couchée sur le papier lorsqu'on est en état de transe. Des mots qui vous sont donc dictés par votre inconscient. Je vois que cela vous fait sourire...

— Pas du tout, s'empressa de protester Peter. Personnellement, je ne m'y connais pas, mais j'en ai déjà entendu parler...

— Peut-être par votre beau-père ? Je lui ai même récemment soumis un de ces textes. Peut-être vous en a-t-il parlé ? Ou peut-être avez-vous vu le manuscrit ?

Après un moment de réflexion, Peter secoua lentement la tête, catégorique :

— Non, cela ne me dit rien. Et de quoi s'agissait-il ?

— Oh je ne sais plus... J'ai écrit quantité de textes de cette manière... Le mieux serait peut-être de le lui demander... (Puis, fronçant les sourcils, elle ajouta :) Mais je me demande si j'ai bien compris votre question, Mr Corsham, au sujet de cette Dame Blanche. Que souhaitez-vous exactement savoir d'elle, au final ?

Peter lissa ses fines moustaches avant de répondre, hésitant :

— Eh bien... Ce qui nous importe, à moi et à nous tous, c'est de savoir dans quelle mesure elle constitue une menace. Et aussi, éventuellement, si elle va réapparaître prochainement...

— Voilà qui est beaucoup plus clair, répondit-elle en se levant. Nous allons procéder à un tirage de cartes. Avez-vous une préférence ? Des tarots traditionnels ? Ou des cartes oracles ?

Peter haussa les épaules, songeant à part lui qu'elle le prenait pour le plus parfait des imbéciles.

— C'est vous qui voyez, Miss Seagrave. Je m'en remets à votre expérience...

— Très bien. Je vous prie de patienter quelques instants…

Sur quoi elle quitta la véranda. Lorsqu'elle revint, une ou deux minutes plus tard, coiffée d'un turban violet ceint sur son front, il réprima une envie de rire. Pensait-elle pouvoir se montrer plus persuasive avec cet accessoire de pacotille ?

Elle reprit place dans son fauteuil, le rapprocha de la table basse qui les séparait, puis posa devant lui un jeu de grandes lames dont le dos était recouvert de signes cabalistiques.

— Détendez-vous, Mr Corsham. Je vous sens un peu crispé…

« Qu'est-ce qu'il ne faut pas entendre ? » songea-t-il, amusé.

— J'ai choisi ces lames, basées sur les symboles anciens, proches de la nature telle que la concevaient les premiers chamans. Le principe de base est la synchronicité…

— C'est-à-dire ?

— Eh bien que votre choix en l'instant présent va grandement déterminer les réponses de l'oracle. C'est pourquoi je vais vous demander de vous concentrer, de bien réfléchir avant de choisir vos cartes. C'est essentiel. Vous allez en prendre trois dans ce paquet. Vous les mettrez devant vous, sans dévoiler leur face pour le moment.

Lorsque ce fut chose faite, elle lui demanda de les retourner lentement, dans l'ordre de son choix. Puis elle les regarda fixement, avec une perplexité croissante. Au bout d'un certain temps, elle secoua la tête.

— J'ai fait quelque chose de travers ? s'enquit Peter.

— Pas vraiment. Mais ce que je vois là ne concerne en rien la Dame Blanche... Il s'agit en fait de vous, je crois. Voulez-vous toujours poursuivre l'expérience ?

— Bien sûr ! Et plus que jamais ! Dites-moi si je vais devenir bientôt ou non millionnaire !

— Vous ne devriez pas plaisanter ainsi, Mr Corsham. Au demeurant, un présage de fortune ne se manifestera jamais à vous de manière aussi nette, sous forme de lingots ou billets de banque....

— D'après mon beau-père, vous lui avez pourtant annoncé assez précisément sa rencontre avec Vivian...

— C'est vrai, mais je ne lui ai pas dit les choses aussi nettement. Je lui avais simplement annoncé une proche plénitude sur le plan sentimental...

— Mais c'est presque pareil, non ?

— Pas exactement, répliqua-t-elle sèchement. Mais peu importe. Regardez attentivement votre première carte...

— Je... Alors je vais connaître un grand malheur ?

— Je n'ai jamais dit cela. Concentrez-vous, s'il vous plaît, et dites-moi ce que vous voyez. C'est important, car cela concerne votre passé...

— Eh bien, je ne vois qu'une croix, une simple croix...

— Non, c'est la Croix des Andes, positionnée à l'envers. Ce n'est pas spécialement de bon augure, sans être inquiétant pour autant. Peut-être une relation avec quelqu'un, qu'il aurait mieux valu éviter...

— Je ne vois pas, vraiment pas... Attendez, si ! J'ai engagé il y a quelques mois un courtier en assurances, apparemment très efficace, mais qui a fini par nous causer beaucoup de problèmes !

— Votre seconde carte correspond au présent...

— On dirait un orage...

— C'est bien cela. Cela signifie que vous connaissez une période de tourments et d'agitation. Mais vous en conviendrez, nul besoin d'être devin pour s'en rendre compte...

Peter acquiesça de mauvaise grâce, puis se concentra sur la dernière carte, illustrée d'une flèche orientée vers le ciel.

— Cela correspond à mon avenir, je présume ?

— En effet. Et c'est plutôt heureux. Il est très probable, mais pas certain, notez bien, que vous vous dirigiez vers une fortune heureuse, très heureuse. Mais attention, le chemin risque d'être semé d'embûches... Vous devrez faire preuve de toutes vos ressources pour y parvenir... Créer des alliances... ou plutôt une alliance. Je ne puis vous en dire davantage, si ce n'est que la réussite est entre vos mains. Votre habileté à résoudre les problèmes sera déterminante.

— Hmm... fit Peter, songeur. En somme, c'est un peu « Aide-toi, et le ciel t'aidera » ?

— Si vous voulez. Mais dans votre cas, c'est particulièrement net. C'est comme si vous vous trouviez devant deux portes fermées et identiques, derrière lesquelles se cachent le bonheur ou la mort... À vous de choisir la bonne... Vous pouvez aussi choisir de passer votre chemin, de ne pas suivre le trajet fulgurant et périlleux de cette flèche... À vous de voir.

Après un long silence, Peter se mit à rire.

— Très bien, tout cela ne nous parle toujours pas de notre Dame Blanche... Va-t-elle oui ou non nous rendre une nouvelle visite ?

— Vous voulez vraiment le savoir ? demanda Lethia en plissant les paupières.

— Et comment ! Je suis venu pour cela !

— Eh bien tirez une nouvelle carte... Et inutile de vous concentrer cette fois-ci. Le phénomène de synchronicité ne jouera pas cette fois-ci.

Après une courte hésitation, Peter fit son choix, et dévoila un gros félin d'allure furtive, dans une forêt dense.

— Le jaguar, commenta-t-elle d'une voix grave, tandis que ses grands yeux bruns brillaient d'une inquiétante fixité. Au moins, les choses ont le mérite d'être claires. Sur son continent, le jaguar se situe au sommet de la chaîne alimentaire. Il n'a pas de prédateur. Il fait régner la mort autour de lui, selon son bon vouloir. Autrement dit, cette carte n'annonce rien de bon. Si la Dame Blanche se manifeste prochainement, et il y a tout lieu de le craindre, ce ne sera pas de manière inoffensive. Comme le jaguar, elle a le pouvoir de vie ou de mort...

6

LE PASSAGE DE L'ANGE

4 octobre

L'air était chargé d'humidité, cette nuit-là, à *Buckworth*, surtout aux abords de l'étang. Des fumées de brumes s'élevaient des eaux inertes, se répandaient alentour, remontaient lentement le sentier qui, à travers un bois, menait directement au village. Il était plus de 23 heures. Qui aurait eu l'idée saugrenue de se promener dans ces parages à ce moment-là ? Personne. Pourtant, Billy, Jack et Harry s'y étaient donné rendez-vous. Trois gamins d'une dizaine d'années, et qui ne comptaient pas parmi les plus sages du village. Enfin surtout Harry, véritable garnement, ayant déjà à son actif de nombreux larcins, détesté par les adultes mais adulé par certains de ses compagnons. Parmi ceux sur qui il exerçait sa mauvaise influence, il y avait Billy, le fils du boulanger, et Jack, dont les parents tenaient l'auberge des Trois Clefs.

Frissonnant, le regard perdu sur les écharpes de brumes qui flottaient au-dessus de l'étang, Billy fit remarquer :

— J'espère que tu ne nous a pas fait venir pour rien, Harry. Ça ne me plait pas ici...

— Comme si c'était la première fois qu'on y venait, poule mouillée !

— Oui, mais de nuit et avec un temps pareil...

— Et toi, Jack, cingla Harry avec un sourire de défi ? T'en penses quoi ? Est-ce que je vous ai déjà déçus, hein ?

— Non, bien sûr... bredouilla l'interpellé. Mais avec toutes ces histoires qu'on raconte ces jours-ci...

— T'as aussi les foins ? Ne me dis pas que tu crois un seul instant à ces histoires de fantômes ! Les Dames Blanches, c'est comme le Père Noël, ça n'existe pas ! Bon, arrêtez de fixer la surface de l'eau comme s'il allait en sortir une armée de spectres. Suivez-moi. Ce que j'ai à vous montrer est bien plus intéressant...

Sur quoi, en file indienne, les trois compères longèrent la berge avant de s'enfoncer dans les bois. Harry, qui avait allumé sa lampe torche, s'immobilisa soudain pour éclairer un espace derrière un buisson. Effarés, ses compagnons y découvrirent un renard pris dans la mâchoire d'un piège.

— Et voilà le butin, plastronna Harry. C'est pas moi qui ai posé le piège, les amis, mais cet abruti de Léonard, notre braconnier local. Cela fait un moment que je le piste, et je connais presque tous les endroits où il a placé ses pièges...

— Et alors ? Tu veux faire quoi ? bredouilla Jack. Tu veux le dénoncer ?

— Bien sûr que non, abruti ! L'idée, c'est de faire la récolte avant lui !

— Regardez, s'écria soudain Billy, on dirait qu'il vit encore... Pauvre bête... On ne peut pas le laisser ainsi...

— Tu veux faire quoi ? s'enquit le chef de bande, soupçonneux.

Après s'être emparé d'une pierre, son ami leva la main et déclara :

— Abréger ses souffrances...

— Arrête ! s'écria Harry. Tu perds la tête, ou quoi ? Tu risques de gâcher la marchandise...

— De toute manière, je crois que c'est inutile... intervint Jack, qui s'était penché sur la dépouille de l'animal. Cette bête est morte, et bien morte. Le sang s'est déjà coagulé. Regardez...

— Mais je le sais bien, grogna Harry, contenant difficilement sa colère. Elle était déjà morte quand je l'ai trouvée cet après-midi. Et dire que cet imbécile a failli me l'amocher pour des prunes ! Je ne sais pas ce qui me retient... Bon, on retourne à l'étang pour discuter. Je vais vous expliquer mon plan en détails...

Peu de temps après, les trois compères tenaient conseil à l'endroit où le sentier aboutissait à l'étang. La brume s'était un peu estompée, et l'on apercevait le halo argenté du disque lunaire.

— La fourrure de renard, expliqua le chef de bande, ça se négocie bien si on connaît les filières. Et c'est mon cas. Le gros du boulot, c'est d'organiser notre surveillance pour coiffer Léonard sur le poteau. Si l'on est bien organisé et qu'on opère à tour de rôle, on va pouvoir lui rafler une bonne partie de ses prises...

— D'accord, fit Jack. Mais j'le sens pas, ton truc. Et on va prendre beaucoup de risques pour pas grand-chose...

— Des risques ? Lesquels ? Est-ce que tu t'imagines que le Léonard va pouvoir se plaindre ?

— Non, mais quand même...

— Enfin qui ne risque rien n'a rien, c'est bien connu ! (Exhibant sa montre au poignet, il continua :) Vous croyez que c'est mon ivrogne de paternel qui m'a offert ça, bande de froussards ? Je vais finir par croire que vous êtes comme les autres, qui suivent le troupeau, comme ces moutons de je ne sais plus qui...

— Panurge, précisa Billy.

— Fais le malin, ça te va bien. Reste plongé dans tes bouquins, continue à écouter le bla-bla du pasteur, et tu iras loin... aussi loin que le bout de ton nez. Dans la vie, il faut savoir saisir l'occasion, ne pas avoir peur des défis... Mon pauvre vieux, si tu savais ce que j'ai déjà fait !... (Son regard se fit méprisant :) Tu sais quoi, Billy ? Tu me fais penser à une grosse vache, ou à ton mouton de Panurge, qui se fait tondre et broute son herbe docilement pour engraisser les autres...

— Eh ben, t'as qu'à la bouffer toi-même, ton herbe ! répliqua ledit Billy, piqué au vif.

Sur quoi, Harry arracha les feuilles du buisson près de lui, les avala et se mit à les mâcher avec hargne.

Sous la clarté de la lune, qui avait gagné en intensité, Billy s'approcha du buisson pour l'examiner. Puis il déclara :

— Eh... Je crois que c'est pas très comestible, ça. On m'a dit que...

— La ferme, rumina Harry.

— Non, vraiment, fais gaffe. Tu ferais mieux de recracher...

— J'ai dit la ferme !

Mais au bout d'un moment, Harry fit la grimace.

— Putain, c'est amer ce truc-là...

Sur quoi, il recracha ce qu'il avait en bouche, puis déclara que le premier qui s'aviserait à reparler de moutons prendrait sa main dans la figure. Il détailla ensuite doctement son projet commerce de fourrures. Mais au bout d'un quart d'heure, il multiplia les grimaces tout en se tenant le ventre. Ses amis lui proposèrent de rentrer, mais il s'obstina à développer son plan, sous la clarté lunaire, face à l'étang, comme s'il s'adressait à lui. Soudain, comme pris de lassitude, il revint sur ses pas et s'assit sur une souche d'arbre.

— Ça ne va pas ? s'inquiéta Billy.
— C'est rien, ça va passer…
— Il y a quelqu'un, dit soudain Jack à voix basse.
— Qu'est-ce tu racontes ?
— Là-bas, sur le sentier…
— Je n'entends rien, gémit Harry, la tête entre les mains.
— Alors, regarde…

Suivant le regard de leur compagnon, Harry et Billy aperçurent d'abord une forme claire et indistincte qui se dirigeait lentement vers eux. Progressivement, la forme se fit blanche et féminine. Lorsqu'elle fut à quelque dix mètres d'eux, ils purent constater qu'il s'agissait d'une ravissante jeune femme, vêtue d'une cape et d'un châle sur sa tête, dont la blancheur immaculée brillait sous la clarté de l'astre nocturne.

— Bougez pas, les gars, articula péniblement Harry. C'est pas une donzelle qui va nous foutre la pétoche…

Mais malgré l'injonction, ses deux compagnons se poussèrent de côté, tandis que l'apparition se dirigeait droit vers Harry. Tous trois voyaient désormais son visage blanc comme neige, mais souriant. Harry, comme tétanisé, ne bougeait pas plus qu'une statue, tandis que l'apparition levait la main sur lui. Lorsqu'elle le toucha au front, il chancela, puis s'effondra sur le sol. Elle tourna la tête à droite et à gauche, comme pour adresser un dernier sourire aux autres gamins, puis elle fit demi-tour et repartit par là où elle était venue. Terrifiés, Jack et Billy la virent se fondre dans l'obscurité des bois, tandis qu'elle remontait lentement le sentier.

Puis ils rejoignirent leur compagnon, inerte au sol.

— Il n'a pas l'air bien, bredouilla Jack.

— Pas bien du tout, fit son compagnon. On dirait même que…

— Oh, Harry, réveille-toi ! cria Jack en le giflant à plusieurs reprises, sans succès.

Puis, les yeux agrandis d'effroi, se tournant vers Billy, il bredouilla :

— Bon sang, qu'est-ce qu'on fait, maintenant ?

7

UN ADVERSAIRE HORS DU COMMUN

Le récit d'Achille Stock

Londres, le 9 octobre

Installé dans un fauteuil du confortable appartement d'Owen Burns, à St James's Square, je feuilletais le journal tout en observant mon ami à la dérobée. Sa grande silhouette corpulente allait et venait, ne cessant de décocher des regards songeurs sur la tablette de la cheminée, où trônait une belle pièce de céramique décorée de motifs chinois. J'avais du mal à jauger son humeur, tant il semblait habité par des sentiments contradictoires. D'habitude, il avait des attitudes plus tranchées. J'étais venu à Londres pour passer quelques jours en sa compagnie, ne l'ayant plus vu depuis pas mal de temps. Il avait changé. Sans doute était-ce lié à cet article dans le Times, où l'on vantait ses talents de détective, alors qu'il venait de démanteler un important trafic d'antiquités, dirigé par un marchand d'art américain.

— C'est votre photo en première page du journal qui vous fait cet effet ? hasardai-je.

— Entre autres choses…

— Je comprends. D'autant que les menaces à votre encontre proférées par votre ennemi lors de son arrestation…

— Je n'ai que faire de ce Yankee endimanché, Achille. C'était d'ailleurs un adversaire facile, dépourvu de toute sensibilité artistique, en dépit de sa profession. Ce qui l'a d'ailleurs perdu. Mon principal ennemi est autre...

— Ah ? Et qui serait-ce ?

— Mon ego. Je lutte désespérément contre lui depuis des années, vous le savez bien, mais cet article grossièrement élogieux l'a revitalisé... Mais assez parlé de moi, mon bon ami. Dites-moi plutôt ce que vous pensez de ma nouvelle acquisition.

Sur quoi, il s'empara du vase sur la cheminée et me le confia pour examen.

— Une porcelaine chinoise de belle facture, répondis-je après un temps.

— Mais encore ? Période Ming ou King ?

— Hmm... hésitai-je, en contemplant l'objet. Le blanc passablement jauni du fond n'est guère révélateur. Le style épuré des motifs floraux d'un bleu passé pourrait faire pencher pour la première hypothèse. D'un autre coté, les détails du dragon me semblent un peu trop fignolés. Je pencherais donc pour une période intermédiaire...

— Je vois, persifla-t-il. Vous avez flairé un piège et opté pour une attitude prudente. Ce n'est pas digne d'un expert de votre rang, à la tête d'une entreprise de vaisselle d'art dans les Cotswolds...

— Peut-être, avouai-je, piqué au vif. Car je vous connais, Owen !

— Quoi qu'il en soit, vous avez tout faux. Ce vase n'est qu'une imitation, que je ne qualifierais pas de vulgaire, car elle m'a également trompé, moi le critique d'art renommé...

Le poing serré et le visage renfrogné, il poursuivit :

— Je viens de le faire expertiser et le verdict est sans appel.

— D'où vient-il ?

— Je l'ai acheté chez un prêteur sur gages de Whitechapel. L'infâme coquin, ce n'est pourtant pas la première fois que je fais affaire avec lui !

Après un silence pesant, je demandai :

— Et que comptez-vous faire ?

Alors que mon ami s'était posté devant l'âtre, et que la lueur des flammes sculptait une expression sardonique sur son visage, il répondit :

— Me venger.

— Vous venger ? Et comment diable ?

— Le châtiment sera à la hauteur de l'outrage. Nous allons lui rendre une petite visite cette nuit...

— Comment ? m'offusquai-je. Mais vous déraisonnez, Owen ! Vous n'imaginez pas un seul instant que je vais vous accompagner dans quelque expédition punitive... Je ne vous reconnais plus, mon ami. En tout cas, ne comptez pas sur moi !

Owen secoua la tête, sans perdre son expression vindicative.

— Je vous rassure, nous n'allons pas y aller armés de gourdins. Ce n'est pas mon style, enfin ! Juste une petite visite dans sa boutique. Pour frapper là où ça fait le plus mal. Il y a pire que les coups pour ce genre d'individu... Nous allons simplement rafler les pièces les plus précieuses de sa boutique et les jeter dans la Tamise... Vous voyez, il n'y a là nul profit personnel. Juste une petite leçon pour lui apprendre les bonnes manières...

Puis, tandis que je respirais profondément pour reprendre mon souffle, tant j'étais choqué par ce que j'entendais, il renversa la tête en arrière et éclata de rire.

— Mon brave Achille ! hoqueta-t-il. Si vous voyiez votre tête ! Comment avez-vous pu croire que je m'abaisserais à de tels procédés ? À cette farce grossière... qui n'avait d'autre but que... C'est vraiment trop drôle !

— Quel but ? tonnai-je.

— Eh bien simplement tester votre amitié, voir si vous étiez prêt à me suivre ...

— Jusqu'en enfer, peut-être ?

— En quelque sorte, répondit-il d'une voix soudainement changée. Car l'affaire qu'on m'a soumise, et pour laquelle je vais solliciter votre concours, repose apparemment sur une créature diabolique. Un adversaire hors du commun, auquel nous n'avons jamais été confrontés...

— En êtes-vous bien sûr ? Auriez-vous oublié le cas du « Loup de Fenrir », ou celui du « Roi du désordre » ? Les fantômes, les assassins invisibles, les loups-garous...

— Pire que cela, Achille ! Ici, il s'agit de l'ennemi suprême...

— Vous m'intriguez, mon cher, déclarai-je d'une voix enjouée, tandis que je venais de me remettre de sa farce douteuse. Voyons donc... Peut-être le grand Hadès, souverain des Enfers ?

— Vous n'y êtes pas.

— Non ? Alors peut-être Satan lui-même !

— Vous brûlez, mais ce n'est toujours pas ça.

— Alors qui ? m'irritai-je.

— L'adversaire le plus implacable qui soit, l'ennemi absolu face auquel on ne peut rien... Autrement dit : *La Mort elle-même...*

Je restai sans voix, tandis que je fixais sa silhouette immobile, un peu à contre jour devant la cheminée, dont les contours s'embrasaient à la lueur des flammes.

— Bon, je vais vous expliquer tout ça, reprit-il. Sinon vous allez me faire une syncope. Vous avez déjà entendu parler des Dames Blanches, je suppose ? Ces Dames Blanches qui font partie du terroir, celles dont on parle dans les chaumières, qu'on aperçoit à la tombée de la nuit. Parfois, ce ne sont que d'innocents fantômes, qui pleurent je ne sais quelle injustice dont elles furent victimes du temps de leur vivant. D'autres fois, ce sont de véritables esprits vengeurs, qu'on associe à l'ange du mal, l'ange de la mort, la main du destin qui vient chercher ses victimes… Celle qu'on a aperçue à Buckworth, dans l'Oxfordshire, semblait au départ relever de la première catégorie. En s'enfuyant, elle aurait franchi une grille de clôture comme un fantôme. Cela se passait au manoir d'un certain Richards, au début de l'été. Et elle a récidivé, il y a deux ou trois semaines, toujours au même endroit, en s'introduisant cette fois-ci dans la chambre même du propriétaire, avant de se réfugier dans une pièce où elle s'est mystérieusement volatilisée. Sans faire de mal à personne jusqu'ici. Mais elle a refait parler d'elle quelques jours plus tard, et cette fois-ci en changeant de catégorie, passant de l'ange farceur à l'ange du mal !

» Il était près de minuit, trois gamins trainaient près de l'étang. Parmi eux, un dénommé Harry, qui par imprudence ou bravade a avalé des touffes de ciguë. Il en a recraché une partie et a commencé à se sentir mal. C'est alors que notre Dame Blanche s'est montrée… Comme la mort venant le chercher, elle a étendu sur lui sa main glacée et le gamin est tombé raide mort devant ses amis terrifiés. Et l'autopsie a confirmé son décès des suites d'une absorption de ciguë.

» En temps ordinaire, on n'aurait sans doute jamais accordé foi à l'abracadabrant témoignage des deux gamins, mais les antécédents que je vous ai cités donnent à réfléchir, et ont même donné des cheveux gris à l'inspecteur du coin chargé de l'enquête. Un certain Lewis, sans grande expérience d'après ce que j'ai compris, qui a fini par contacter Scotland Yard. Là, notre vieil ami le surintendant Wedekind, débordé d'après lui par moult autres affaires – et trop heureux de se débarrasser selon moi de ce casse-tête –, m'a demandé de prêter main forte au jeune Lewis. J'oubliais de vous préciser que, comme si cela n'était pas suffisant, une voyante locale avait assez précisément annoncé le drame… Bref, voilà un petit aperçu de ce qui nous attend, mon cher Achille. J'espère pouvoir compter sur vous, n'est-ce pas ? Nous prenons demain matin le premier train à la gare de Paddington.

— Pour affronter La Mort, ou aller en enfer ! persiflai-je. Belle perspective ! J'aurais préféré, voyez-vous, une île du Pacifique peuplée de ravissantes créatures…

— Dans cette optique, mon cher, je me permets de vous rappeler que c'est en enfer qu'on trouve les plus jolies filles ! Et du reste, elles ne manqueront pas dans notre enquête : la diseuse de bonnes aventures, la jeune épouse de sir Matthew et ses deux filles. Toutes jeunes et jolies selon Lewis, et potentiellement les seules suspectes, de par leur physique, de pouvoir se cacher derrière le masque de notre mystérieuse Dame Blanche. En d'autres termes, notre mission sera de nous concentrer, cette fois-ci, presque exclusivement sur le beau sexe. Alors, vous êtes partant ?

— Soit, capitulai-je, avec une feinte commisération. Vous savoir seul, plongé dans ce terrifiant imbroglio, ce serait au-dessus de mes forces, vous le savez bien…

8

LA CIGUË, LA DAME BLANCHE ET LE RENARD

Le récit d'Achille Stock (suite)

10 octobre

En fin de matinée, Owen, l'inspecteur Lewis et moi, étions au bord de l'étang, à l'endroit où le jeune Harry avait rencontré son destin. Sous la grisaille du ciel, c'était un tableau sans couleur qui s'offrait à nos regards, si l'on exceptait le plumage, d'un vert-bleu vif, d'un fringant canard qui barbotait sur les eaux mortes.

— Nous avons pourtant interrogé les deux gamins séparément, et à plusieurs reprises, nous expliqua l'inspecteur Lewis d'une voix grinçante. Pas d'erreur, pas de contradiction dans leur récit, ni même d'approximation. Nous avons également retrouvé le renard pris dans le piège à l'endroit exact qu'ils nous ont indiqué. (Désignant une souche d'arbre sur notre droite, il ajouta :) Là, c'est l'endroit où s'était installé Harry, et là-bas, ce sont les buissons de ciguë, dont l'un porte les traces évidentes des rameaux fraîchement arrachés par le gamin. Nous avons même retrouvé les brins qu'il avait recrachés ici, et quelques-uns dans son estomac après l'autopsie, laquelle a formellement confirmé un cas d'empoisonnement de ce type. Et c'est tout. Aucune trace suspecte n'a été relevée sur son cadavre.

— Et personne n'a eu l'idée de raser ces buissons au préalable ? intervins-je.

Le policier haussa les épaules :

— Comme vous le voyez, c'est un endroit assez sauvage. À peine fréquenté par les pêcheurs. En général, les gens d'ici connaissent les plantes toxiques. Y compris les gamins, comme le petit Billy, qui s'en veut terriblement d'avoir laissé faire son ami, et surtout de l'avoir plus ou moins provoqué à avaler de la verdure, dans les circonstances que je vous ai expliquées. Il était environ 23 heures lorsqu'ils sont arrivés tous trois ici, peut-être 23 h 30 lorsque Harry a avalé les feuilles mortelles. Une vingtaine de minutes plus tard, il décède après l'arrivée de La Dame Blanche. Vers minuit, Jack et Billy sont de retour au village, à l'auberge des *Trois Clefs* – celle où vous avez retenu vos chambres –, qui venait juste de fermer ses portes. Les propriétaires sont les parents du petit Jack. Bien qu'ils aient eu du mal à croire au récit de leur progéniture et de son ami, ils ont fini par les suivre jusqu'ici. Pour constater le drame à leur tour, vers minuit et quart.

» Et voilà, reprit l'inspecteur Lewis après un soupir. Il s'agit d'un banal et tragique accident de gamins se lançant des défis stupides, comme c'est hélas ! souvent le cas. Un accident aux circonstances clairement établies, si l'on excepte l'étrange apparition…

Tandis qu'Owen restait silencieux et suivait d'un regard songeur les ébats du canard près de la rive, je demandai :

— D'après ce que j'ai compris, le petit Harry était la peste du village, un garnement détesté par tous…

— Certes. On ne compte plus ses mauvais coups. Mais de là à vouloir l'éliminer… Enfin comme je vous le disais, sa mort est purement accidentelle. La thèse d'un assassinat ne peut être retenue.

— Reste donc l'énigme de la Dame Blanche, qui apparaît à point nommé comme la Mort venue chercher sa victime !

Lewis jeta un coup d'œil sombre à ses compagnons, puis poussa un profond soupir :

— Lorsqu'on m'a demandé de venir enquêter sur l'incident survenu au manoir, j'avais comme une appréhension... Je sentais instinctivement que j'allais au devant de complications... mais pas à ce point, croyez-moi. Au début, j'ai douté du témoignage du vieux Matthew, le sien et celui de son entourage, au sujet de ces créatures qui apparaissent et disparaissent comme par enchantement. J'ai pensé à un phénomène d'hallucination collective, engendrée par les rumeurs et la légende. Je le pensais encore lorsque j'ai interrogé Jack et Billy, et à plusieurs reprises. Mais leur récit n'a jamais varié d'un pouce. Ils affirment avoir vu cette Dame Blanche descendre le sentier, se diriger vers leur ami mal en point, avancer sa main vers lui, avant qu'il ne s'effondre, raide mort. Ensuite, toujours d'un pas lent, elle aurait rebroussé chemin. Ils étaient passablement terrifiés, ce qu'on peut comprendre du reste... Et comment croire un seul instant qu'ils aient pu inventer une telle fable dans un instant aussi dramatique ? Pour atténuer leur rôle, parce qu'ils se sentaient plus ou moins responsables ? Cela ne changeait rien, du reste, à la situation... À moins qu'ils ne soient les plus fieffés menteurs du comté, je peux vous garantir qu'ils ont dit la vérité, ou du moins ce qu'ils croyaient sincèrement être la vérité.

— Vous ont-il parlé d'une soudaine sensation de froid à l'approche de l'inconnue ?

— Plus ou moins. Mais vu qu'ils étaient terrifiés et que la température baissait...

— Ont-ils pu vous faire une description précise de l'apparition ? s'enquit Owen.

— Oui. Elle portait une sorte de cape blanche, avec un châle de même couleur sur la tête, assez ample, qu'elle portait comme un suaire. Si bien qu'ils n'ont pas pu voir ses cheveux...

— Et pour le visage ?

— Celui d'une jolie femme souriante, au teint blanc comme la neige. Mais un visage qu'ils n'ont pas pu identifier... Comme ce fut le cas pour sir Matthew et son gendre, soit dit entre parenthèses.

— Ne pourrait-on parvenir à un tel résultat avec un habile maquillage et une crème blanche ? demandai-je. Ou simplement avec un masque ?

— Peut-être. Mais selon eux, c'était indiscutablement la silhouette et la démarche d'une femme. Mais bon sang, s'emporta soudain Lewis, à quoi rimerait toute cette mascarade ? Et comment quelqu'un - quel qu'il soit - aurait-il pu prévoir cet accident pour jouer au fantôme à ce moment précis ? C'est complètement insensé !

— Mais quelqu'un semble pourtant l'avoir plus ou moins prévu, non ? assura Owen avec l'ombre d'un sourire. Cette Miss Lethia Seagrave, notre voyante locale...

— En effet. Précisons toutefois qu'elle n'avait parlé que d'une future intervention de la Dame Blanche, après que Peter Corsham l'eut consultée et questionnée dans ce sens. Mais le mieux serait que vous les interrogiez personnellement pour vous faire une idée plus précise. Cela étant dit, tout le monde au manoir en avait été informé par Corsham. Et j'imagine qu'ensuite, l'information a rapidement fait le tour du village. Autrement dit, tout le monde était au courant d'une nouvelle et probable manifestation de la Dame Blanche, et n'importe qui aurait pu endosser sa tenue blanche pour apparaître devant les gamins. Passons pour le moment sur ses desseins et l'extraordinaire opportunité de son intervention...

» Quant à Lethia, que j'ai connue lorsqu'elle n'était qu'une gamine, elle constitue une énigme à part entière, et à bien des égards. Elle semble douée de dons particuliers, dont elle fait entre autres commerce à Londres, dans un petit salon où elle se rend assez régulièrement. J'attends d'ailleurs des informations complémentaires à ce sujet, et sur sa situation financière également.

— En somme, intervins-je, ce serait votre principale suspecte ?

— Oui, mais suspecte de quoi ? s'exaspéra le policier. De jouer au fantôme, de deviner, ou de provoquer on ne sait comment, un accident ? Afin d'accroître sa notoriété ?

— Avait-elle un alibi au moment du drame ?

— Non. Elle était chez-elle dans son lit, comme presque tout le monde à cette heure-ci. Enfin presque... Et ça, c'est encore une autre énigme, ajouta Lewis, en passant le revers de sa manche sur son front. Si l'on part du principe que notre inconnue est une jolie fille, il y en a une autre dans notre affaire, qui n'a pas été très claire dans ses explications... Je veux parler de Vivian, la jeune épouse de sir Matthew. Vivian Marsh de son nom de jeune fille. Bien qu'elle ne nous l'ait pas déclaré spontanément, elle se trouvait à l'auberge, ce soir-là, jusqu'à l'heure de la fermeture, tout juste avant que les gamins ne voient apparaître la Dame Blanche.

Seule, discrètement, dans un coin de la salle. Elle était arrivée environ une demi-heure plus tôt. Le patron et quelques clients l'ont formellement reconnue, et d'ailleurs elle n'a pas nié les faits par la suite. Il lui arrive de fréquenter *Les Trois Clefs*, mais rarement seule, soit dit en passant. Au manoir, elle s'était couchée dans sa chambre personnelle, ce soir-là, si bien que personne n'a remarqué son départ. Mais ce qui est plus étrange encore, ce sont ses explications...

» Selon elle, elle avait rendez-vous avec un ancien ami – un dénommé Andrew Moog – qui lui aurait fait parvenir un message dans la journée, lui précisant qu'il tenait à la voir d'urgence pour un problème particulier, sans autre précision. En aparté, elle m'a avoué qu'il s'agissait d'une ancienne liaison, un type peu recommandable, dont elle ne souhaitait pas parler à son mari. Ce qui expliquerait son silence. Elle n'attendait évidemment rien de positif de ces retrouvailles. Mais finalement, ledit Moog ne s'était pas montré. Sur quoi, elle est retournée discrètement chez elle, en espérant qu'il ne se manifesterait plus... J'ai essayé de me renseigner sur ce Moog, mais rien pour le moment.

— Bizarre, en effet, dis-je, songeur. Sur un plan purement matériel, selon la chronologie des événements, elle aurait pu jouer à la Dame Blanche devant les gamins...

— Ce message, réfléchit Owen, vous l'avez vu ?

Le policier secoua la tête d'un air éloquent :

— Non. Elle l'a directement jeté au feu. Enfin c'est ce qu'elle a prétendu. Mais avec elle, vous comprenez, je n'ai pas pu insister comme avec les gamins. L'affaire est délicate, vous vous en rendez bien compte. Proprement hallucinante dans le fond, comme s'il s'agissait d'un conte de fées, mais pour le moment, nous n'avons pas de délit proprement dit. Concernant la mort du petit Harry, c'est évidemment un verdict de mort accidentelle qui sera rendu, et l'apparition de la Dame Blanche passera pour une simple hallucination des gamins. Il ne peut en être autrement...

Après un énième soupir, le policier reprit en se tournant vers mon ami :

— Alors, à votre avis, Mr Burns ? Je sais tout le bien qu'on pense de vous en haut lieu, et je ne doute pas de votre compétence, mais avouez que tout cela est pour le moins déroutant...

— À vrai dire, je m'y attendais, répondit Owen, les mains dans le dos, face à l'étang. Et j'ai peur que d'autres surprises nous attendent. Mais pour répondre à votre question, ce qui m'échappe totalement pour le moment, c'est le mobile de tous ces agissements, si tant est qu'ils aient un sens. Une mauvaise farce, un présage, une action symbolique, ou divine ? On ne sait pas trop. Peut être y verrai-je plus clair après avoir entendu les habitants de *Buckworth Manor*.

— Vous les verrez cet après-midi. Je les ai informés de votre visite, messieurs.

— De fait, inspecteur Lewis, je pense que pour l'heure, vous êtes le mieux placé pour résoudre ce problème...

Cette remarque me surprit pour le moins. Il n'entrait pas dans les habitudes de mon ami de s'en remettre à un autre que lui pour trouver la vérité.

— Vous avez cet avantage sur nous, inspecteur, reprit-il, de bien connaître le terrain. Vous êtes né dans ce village, n'est-ce pas ?

Le policier, visiblement surpris par la confiance qu'on lui accordait, lissa machinalement ses moustaches, avec un sourire retrouvé.

— En effet. J'y ai passé mes quinze premières années…

— L'existence était alors plus rude qu'aujourd'hui, j'imagine ?

— Bien sûr. D'autant que moi, je n'avais pas eu la chance de naître dans un château ! précisa-t-il d'un ton plaisant. Ma mère – paix à son âme – a tiré le diable par la queue durant toute son existence pour me permettre de suivre mes études, me maintenir dans le droit chemin, ce qui n'était pas gagné d'avance... Enfin j'exagère, j'étais comme tous les gamins de mon âge. En fait, j'ai perdu mon père très tôt, et je n'en ai nul souvenir. Mais je ne me plains pas, nous étions heureux, ici. Nous avions tout ce que les petits citadins ne connaissent pas, le grand air, la forêt, la liberté… La petite Lethia devait avoir six ou sept ans quand je suis parti, et nos chemins ne se sont plus croisés par la suite. Cela m'a fait tout drôle de la revoir, et je vous avoue que j'étais bien embarrassé de devoir l'interroger l'autre jour, presque comme une suspecte. Je pense qu'elle aussi a eu une enfance difficile. Et elle, elle n'avait pas de père du tout. Enfin je veux dire pas de père connu, si vous voyez ce que je veux dire. Mais malgré tout, elle s'en est bien sortie. Elle est assez instruite, malgré ses airs de sauvageonne, et je dois admettre qu'elle est devenue plutôt jolie fille…

— Ou un joli fantôme ? ironisa Owen.

— Je comprends votre question, Mr Burns. Difficile à dire… Il est un fait qu'elle est assez spéciale. Mais ce que je redoute, d'après ce que j'ai appris ces jours-ci, c'est que cette histoire ne lui retombe sur le dos. Elle passe pour être une sorte de rebouteuse, voire de magicienne. Certains pensent même qu'elle serait notre fameuse Dame Blanche. Et je ne parle pas que des incidents récents, notez bien. D'aucuns prétendent l'avoir vue rôder la nuit dans les ruelles, l'air hagarde, en chemise de nuit…

— Mais enfin, intervins-je, cette Dame Blanche existait bien avant elle, non ?

— Je sais. Mais j'ai peur que les racontars et la logique ne fassent pas bon ménage. D'autant que Lethia est la fille de Mary Seagrave, lavandière de son vivant, et d'une réputation singulière, que la naissance de sa fille sans père n'a pas améliorée. Je ne l'ai pas connue jeune, mais il paraît que c'était une jolie personne, fort gracieuse avec ses longs cheveux noirs et bouclés.

— En somme, telle mère, telle fille ! commenta Owen. Ainsi, le flambeau de la Dame Blanche se transmettrait de génération en génération. Il y a quand même une certaine logique ! Mais dites-moi, inspecteur, dans vos souvenirs, quel genre de créature était cette, ou ces Dames Blanches ? De pâles fantômes, des esprits vengeurs ? Ou le bras du destin, comme celui qui aurait rappelé à lui le jeune Harry ?

Lewis se frotta le cuir chevelu, comme pour mieux sonder sa mémoire.

— Je ne me souviens pas d'un cas comme celui de cet infortuné gamin. Ni d'ailleurs d'aucun autre ayant entraîné une mort subite. Cela dit, sa présence était souvent interprétée comme signe de malheur…

— Bon, trancha Owen en consultant sa montre. Et si nous allions casser la croûte ? Il est presque midi et l'air de la campagne m'a ouvert l'appétit !

9

L'HOMME AUX DEUX VISAGES

Le récit d'Achille Stock (suite)

— ... Mais à quelque chose malheur est bon, déclara sir Matthew, du fond de son fauteuil. Cet événement, pour tragique qu'il fût, aura au moins eu le mérite de confirmer ma mésaventure. Car je doute que Lewis, lui – ce brave garçon, que j'ai pour ainsi dire vu naître – y ait véritablement accordé foi. J'espère qu'on va enfin me prendre au sérieux !

Il était quatorze heures passées. Owen et moi nous trouvions au manoir, après avoir été introduits par l'inspecteur. Il nous avait accompagnés à l'étage, le temps de jeter un coup d'œil dans la chambre de sir Matthew et dans le petit bureau – où Owen avait longuement inspecté le miroir pivotant. Après quoi, Lewis s'était retiré, sous le prétexte de ne pas vouloir influencer notre enquête. Avec ses cheveux gris soigneusement ramenés en arrière, mis en valeur par sa veste lie-de-vin, son maintien droit, le maître de maison avait fière allure. L'expression un peu sévère de son visage anguleux était régulièrement tempérée par de chaleureux sourires. Il semblait encore très alerte pour son âge, mais ses pommettes un peu grisâtres, les ailes de son nez légèrement violacées cachaient sans doute quelque problème de santé.

— Et vous, qu'en pensez-vous, Mr Burns ? reprit-il. Je vous connais de réputation, bien entendu, et j'ai d'ailleurs lu le compte rendu de vos derniers exploits dans la presse. Vous avez beaucoup de mérite à avoir pu mettre l'autre canaille à l'ombre...

— Beaucoup de mérite, c'est sans doute un peu excessif. Ce genre de gredin est somme toute facile à piéger, si l'on connaît son talon d'Achille. Je l'ai appâté avec une œuvre dont j'avais artificiellement fait monter la valeur, tout en refusant de la lui céder. Du coup, il est tombé dans le piège en essayant de me la voler...

— Bien joué, le félicita sir Matthew. J'espère que vous serez aussi brillant dans le cas qui nous occupe ! Donc, quelles sont vos premières impressions ? Doutez-vous comme tant d'autres de notre histoire ?

— Je ne serais pas là si tel était le cas, répondit Owen avec une tranquille assurance. Je me dis par ailleurs que les faits sont si extraordinaires qu'ils peuvent difficilement avoir été inventés. Et comme vous l'avez souligné, les circonstances du décès du jeune Harry viennent nous confirmer qu'il nous faut désormais prendre l'affaire très au sérieux.

– Heureux de vous l'entendre dire, monsieur. C'est toujours un plaisir de travailler avec de vrais professionnels, et je dois vous avouer que ce fut toujours ma ligne de conduite tout au long de mon existence. Cela étant, si vous avez encore des questions...

— Oui, quelques-unes. Avez-vous une idée sur la manière dont cette « Dame Blanche » a pu s'introduire dans votre chambre ?

— Tout simplement par la porte, je suppose. J'ai le sommeil assez profond. Mais moi, ce qui m'intrigue surtout, c'est son incroyable évasion dans le petit bureau !

— Ce n'est qu'un détail pour le moment, répondit Owen avec dédain. J'ai déjà deux ou trois idées sur la question, mais nous verrons cela en temps voulu, lorsque j'aurai plus d'éléments. Ce que j'aimerais savoir, aussi, c'est votre impression lorsque vous l'avez vue apparaître…

Sir Matthew se caressa le menton, puis répondit :

— Un choc, dont je n'ai peut-être pas mesuré l'importance au début. Et avec le recul, compte tenu de ce qui s'est passé à l'étang, j'en tremble encore… Il me semble mieux comprendre à présent. Réflexion faite, son sourire n'avait rien d'amical, et l'affaire aurait peut-être eu une issue moins heureuse si Esther n'était pas arrivée aussi vite…

— C'est possible, approuva Owen. D'ailleurs, me semble-t-il, la Dame Blanche qui avait déjà abordé votre gendre dans le parc, au début de l'été, semblait également avoir été perturbée de la même façon, par l'intervention inopinée de sa femme.

— Ah oui, c'est vrai, je n'avais pas fait le rapprochement, réfléchit le vieil homme.

— Encore une dernière question, au sujet de cette Lethia Seagrave, que vous connaissez assez bien, si l'on se fie à certaines rumeurs.

Le maître de séant changea d'expression.

— Oui, je la connais, et même assez bien, pour faire régulièrement appel à ses services. Quoi qu'on puisse dire d'elle, c'est une personne très douée, très psychologue, très instinctive. Ses visions sont étonnantes et m'ont rarement déçu.

— Au village, les avis la concernant semblent assez partagés…

— Ce n'est que jalousie, rancœur et ingratitude

aussi ! Elle a rendu maints services, obtenu maintes guérisons… L'auraient-ils tous oublié ?

— Selon l'inspecteur Lewis, elle exercerait aussi ses talents de voyante dans un cabinet à Londres…

— En effet. Je lui ai d'ailleurs envoyé plusieurs clients, qui du reste n'ont jamais eu à se plaindre de ses services.

— Alors, répondit malicieusement Owen, je serai sans doute le prochain.

— Je suis sûr qu'un homme de votre qualité saura reconnaître ses mérites. Cela étant dit, je comprends le sens de votre question, Mr Burns. La rumeur ne va pas tarder – si ce n'est déjà fait – à lui imputer la fin tragique du jeune Harry. Alors je vous le dis tout net – et je crois avoir une longue expérience de la nature humaine : rien ne saurait être plus faux ! Et j'ai confiance en votre intelligence : vous en aurez la certitude dès que vous l'aurez rencontrée.

Owen acquiesça poliment, puis fit remarquer :

— J'espère que tous ces événements n'auront pas trop perturbé l'ambiance familiale…

— Non, je ne pense pas, répondit sir Matthew. Comme vous le savez, ma fille aînée vient de s'installer chez nous avec son mari, qu'on tenait pour mort il y a deux mois encore. Cette heureuse nouvelle, avec celle de mon récent mariage, ont comme soufflé un vent de bonheur dans cette vieille demeure. Sacré John, je l'avais injustement mésestimé ! Il faut savoir que…

Sur quoi, il évoqua des souvenirs de son voyage aux Indes, sans guère d'intérêt ici et que le lecteur connaît déjà dans ses grandes lignes. Notre témoin suivant fut d'ailleurs justement le major.

— ... Je n'avais jamais entendu parler de cette Dame Blanche avant d'arriver ici, déclara John Peel, mais c'est comme si c'était une vieille amie, qui m'aurait côtoyé pendant près de cinq longues et épouvantables années. Si j'en avais eu le pouvoir, je l'aurais maintes fois invoquée pour venir abréger mes souffrances. Ne croyez pas que je cherche à susciter votre compassion, messieurs. J'essaye simplement de traduire l'état mental qui était le mien pendant cette cruelle épreuve. La mort aurait été pour moi une délivrance... Car vraiment, je ne sais pas ce qui m'a motivé à vivre durant tout ce temps. L'espoir ? Même pas. J'étais si faible que je n'apercevais nulle lueur dans les ténèbres chaotiques de mon quotidien. Je me suis accroché à la vie avec une force qui me paraît à présent incompréhensible. Cela dit, je ne regrette pas aujourd'hui d'avoir lutté. J'ai enfin eu le bonheur de pouvoir retrouver Margot, et de connaître désormais une confortable existence ici.

Le major était un homme d'une robuste constitution, proche de la quarantaine, même si ses cheveux précocement gris lui conféraient quelques printemps supplémentaires. Il n'avait manifestement pas récupéré toutes ses forces, les joues de sa large tête au teint buriné étaient encore un peu creuses, mais on sentait, entre autres par son sourire confiant, qu'il n'allait pas tarder à reprendre du poil de la bête. Il inspirait la sympathie, quoique cette impression différât selon le point de vue. Sa face gauche, striée de vilaines cicatrices, avait quelque chose de fâcheusement bestial, surtout lorsqu'elle n'était visible que de profil.

— Alors vous savez, reprit-il, cette histoire de Dame Blanche, pour mystérieuse qu'elle soit, ne m'inquiète pas outre mesure. Comment dire ?... Après être revenu de l'enfer, on ne craint plus guère la mort...

— Vous n'êtes donc jamais venu à Buckworth par le passé ? demanda Owen.

— Non. Je découvre ce village, paisible en apparence, avec son lot de racontars, comme un peu tous les villages de chez nous, en somme. Et pour anticiper sur une de vos éventuelles questions, sachez que je ne suis guère au courant des ragots et des médisances colportés ici.

— Néanmoins, trancha Owen avec un affable sourire, quel est votre sentiment d'homme, de soldat prompt à apprécier une situation ? J'entends relativement à cette Dame Blanche, bien sûr...

John Peel eut un geste évasif.

— Difficile à dire... C'est un peu comme lorsque je me regarde dans la glace, messieurs. Il y a deux aspects. L'un net et rationnel, le point de vue du soldat, me poussant à rejeter d'emblée toutes ces balivernes. L'autre mystérieux et inquiétant, ou tout semble possible. Je sais d'expérience qu'on se retrouve vite débordé en situation périlleuse, ce qui fut le cas ce fameux soir lorsque, réveillés en sursaut, nous nous sommes précipités dans le petit bureau, au secours de mon beau-père et d'Esther, tous deux pris d'une panique communicative. Mais ce ne fut sans doute pas l'événement le plus éprouvant que j'ai connu depuis mon retour au pays...

— Ah ! s'étonna Owen. Serait-ce encore quelque fait mystérieux à ajouter au dossier ?

— Non. Je parle simplement de mes retrouvailles avec Margot. J'étais persuadé de ne plus jamais la revoir, ou à tout le moins, en tant que mari. Le bonheur de la tenir dans mes bras, après tant d'années, a agi sur moi plus efficacement que tous les soins médicaux prodigués depuis lors.

— Nous comprenons.

— En l'espace de quelques secondes, c'était comme si tous mes malheurs avaient disparu d'un coup de baguette magique. Nous avons décidé d'enterrer le passé. Et ce fut sans doute plus dur pour elle, car j'ai compris qu'il y avait un début de liaison de son côté... Mais que voulez-vous ? On ne disparaît pas ainsi durant cinq années sans séquelle !

— C'est quand même incroyable ! commenta Owen en allumant une cigarette. J'ai coutume de professer que seule une vie mouvementée vaut la peine d'être vécue. Mais vous, on peut dire que vous avez été servi ! Je pense aussi à ce qu'à pu éprouver votre femme lorsqu'elle a identifié ce qu'elle croyait être votre cadavre...Quelle épreuve pour elle ! Et d'une certaine manière, je me demande si sa méprise n'a pas été bénéfique...

— Comment cela ? fit major, le front brumeux.

— L'angoisse de l'incertitude est parfois pire que la réalité d'un décès...

— Oui, convint-il après un temps. Vous avez raison, je n'avais pas pensé à cet aspect de la question.

Là-dessus John Peel prit congé. Sa femme le remplaça peu de temps après. Margot était une jolie personne, dans le genre bohème, malgré sa mise élégante. Une robe de taffetas garnie de volants, d'un bleu-vert assorti à ses yeux vairons, dont elle tirait une partie de ses charmes. Je devinais que, tout comme moi, Owen fut sensible à son regard à la fois aimable, mystérieux et lointain.

Mon compagnon déploya tout son talent pour l'interroger discrètement sur la nuit du drame qui coûta la vie au jeune Harry. Elle confirma ce que nous avait appris son mari un peu plus tôt, à savoir que tous deux s'étaient endormis assez tôt dans leur chambre, qui se trouvait à côté de celle de sir Matthew. Aucun bruit singulier n'avait perturbé leur sommeil. L'intention d'Owen était naturellement de déterminer si notre hôtesse aurait pu quitter discrètement sa chambre pour filer jusqu'à l'étang et tenir le rôle de la Dame Blanche. Matériellement, c'était possible. Mais j'avais de la peine à envisager qu'une femme comme elle pût se révéler aussi sournoise ou calculatrice. Il y avait quelque chose de séraphique en elle, dans son visage embelli par le volant de dentelle à l'encolure de sa robe.

D'ailleurs, le mystère de la Dame Blanche ne semblait guère la tourmenter. Ses souvenirs d'enfance à son sujet se révélèrent assez vagues, quoique assez proches de ce que nous savions déjà. Mais une question d'Owen au sujet du remariage de son père la toucha davantage.

— Ce que j'ai ressenti en apprenant la nouvelle ? demanda-t-elle d'un air dérouté. Je ne saurais vous dire… En fait, c'est ma sœur qui m'en a parlé dans une lettre, et je pense avoir été influencée par elle sur le coup. En tout cas, ce fut une énorme surprise ! Mais il faut dire que j'étais encore sous le choc d'avoir retrouvé mon mari… Le comble, ce sont les circonstances dans lesquelles John et moi avons fait la connaissance de notre belle-mère, dans le train qui nous amenait à Buckworth…

Sur quoi, elle évoqua le tour pendable que Vivian leur avait joué, au sujet du sort rocambolesque d'une valise. Ce qui amusa beaucoup Owen.

— Finalement, que pensez-vous d'elle, avec le recul ?

— Eh bien... nous sommes plus ou moins devenues des amies. Et même ma sœur, qui était très remontée contre elle au départ, a mis un peu d'eau dans son vin. Cela étant, elle la tient toujours pour une coureuse de dot. Mais à présent, ça va mieux, nous arrivons à faire une partie de bridge sans essuyer une averse de sarcasmes. Il faut dire aussi que les récents événements survenus ici et au village ont quelque peu tempéré l'atmosphère...

— Je vois, Madame, approuva Owen. Mais vous n'avez pas véritablement répondu à ma question...

Ses beaux yeux vairons, assez évasifs jusqu'ici, se rivèrent soudain à ceux d'Owen :

— Je ne suis pas de nature belliqueuse, monsieur. J'ai connu assez de déboires et je sais m'adapter aux situations, fussent-elles insolites. Je ne suis pas idiote, mais je ne juge pas mon père pour autant. Enfin plus aujourd'hui... Nous avons enterré la hache de guerre, et c'est bien mieux ainsi pour tout le monde.

Owen, surpris par la réplique tranchée de Margot, demeura silencieux quelque temps. Lorsqu'il la questionna au sujet de Lethia Seagrave, la jeune femme ne s'en ouvrit pas davantage. L'ayant perdue de vue depuis pas mal d'années, elle prétendit ne pas être en mesure d'émettre un avis particulier. D'autres personnes dans la maison, précisa-t-elle, étaient mieux qualifiées qu'elle pour cela.

Lorsqu'elle se fut retirée, je demandai à mon ami ce qu'il pensait d'elle.

— Je ne sais pas, maugréa-t-il.

— On dirait, persiflai-je, que votre charme légendaire n'a pas véritablement opéré cette fois-ci...

Il haussa les épaules.

— Tout le monde ne peut pas plaire à tout le monde ! Mais je n'ai pas dit mon dernier mot. En tout cas, je ne la raye pas de la liste des Dames Blanches possibles...

Esther fut ensuite invitée à nous rejoindre au salon. Une femme assez âgée mais de belle allure, toute de noir vêtue, avec un beau visage aux pommettes hautes, à peine griffé par le temps. Là encore, Owen se heurta à un mur, du moins dans un premier temps. Bien que très correcte, la gouvernante répondait de manière claire, mais sans laisser paraître ses sentiments. Elle concéda cependant que son maître avait quelque peu changé depuis son mariage, qu'il en avait résulté une certaine réorganisation dans la maison, que des différences d'âge importantes pouvaient engendrer certaines tensions, que l'harmonie ne régnait pas toujours, mais cela relevait d'avantage du constat que d'un quelconque jugement. Au sujet de Lethia Seagrave – personne étrangère à la maison –, ses réponses se firent moins formelles.

— Je crois que personne, au village, ne connaît réellement sa nature profonde. On dit d'elle tout et son contraire. Moi, je pense que la vérité doit se trouver au milieu. Il doit y avoir une partie de vrai... Cette fille-là n'est pas comme les autres, c'est certain.

— Sir Matthew, lui, semble l'apprécier, dit Owen avec un feint détachement.

— Oui, c'est exact, il l'a toujours soutenue, contre vent et marée pourrait-on dire. Mais s'il est persuadé de ses pouvoirs, c'est son affaire, pas la mienne.

— À propos de pouvoirs, nous nous sommes laissé dire qu'elle avait en quelque sorte prévu la dernière intervention de la Dame Blanche.

— En effet. C'est ce que nous a rapporté Peter, qui était allé mener sa petite enquête auprès d'elle. Il a parlé d'un événement malheureux, mais je ne sais plus en quels termes. Le mieux serait de lui poser la question personnellement.

— Et que pensez-vous de la Dame Blanche ? Car vous avez été le témoin d'une de ses apparitions, dans le couloir, à l'étage, n'est-ce pas ? Pourriez-vous nous retracer ces événements dans le détail ?

Alors qu'elle s'exécutait, nous perçûmes comme un fléchissement dans la clarté de ses explications à mesure qu'elle revivait l'incident. Son débit se fit haché, trahissant de plus en plus son émotion.

— Avec le recul, cela me semble incroyable, hallucinant... Tout s'est passé très vite. En vérité, j'étais très inquiet pour sir Matthew, qui n'a plus le cœur très solide. Il a essayé de faire bonne figure face aux événements, mais j'ai senti sa profonde angoisse. Et ce qui est arrivé ces jours-ci au jeune Harry n'a rien arrangé...

— Ah ? s'étonna Owen. Nous venons de lui parler, et il ne paraissait pas exagérément affecté...

Esther se pencha en avant et baissa la voix :

— Il faut être psychologue, monsieur Burns. Et je dis cela sans vouloir vous offenser. Enfin je connais sir Matthew depuis fort longtemps, peut-être mieux que quiconque d'ailleurs. Je pense qu'il ne veut pas perdre la face devant sa jeune épouse, et c'est bien normal. Mais en son for intérieur, j'en suis sûre, l'angoisse le ronge. Je sais ce qu'il pense, ce qui le tourmente, et cela d'autant mieux que je ressens la même chose que lui. Nous avons du reste toujours fonctionné ainsi. Même sans échanger un mot, nous nous comprenons. Je ne sais pas ce qui se prépare, ici, dans cette maison, et j'ignore si c'est en rapport avec cette Dame Blanche… mais croyez-moi, il n'en résultera rien de bon.

10

L'ALIBI DE VIVIAN

Le récit d'Achille Stock (suite)

Après le départ de la gouvernante, je me tournai vers mon ami :

— Au fait, Owen, au sujet de cette mystérieuse disparition dans le petit bureau, dont nous venons d'entendre un nouveau témoignage. Lorsque nous en avions parlé avec sir Matthew, vous aviez affirmé avoir deux ou trois idées. Était-ce par pur bluff ?

— Non, pourquoi ?

— Alors je vous écoute. Expliquez-vous !

— Eh bien… Laissez-moi réfléchir… Oui, j'y suis. La première est qu'il pourrait s'agir d'un simple mensonge, une pure invention de sir Matthew pour je ne sais quel motif. Ma seconde hypothèse est basée sur l'agencement des lieux. Mais il me reste encore quelques points techniques à revoir. Quant à ma dernière idée, sans doute la plus audacieuse des trois, et peut-être la plus simple aussi, c'est que…

On frappa à la porte à ce moment-là. Vivian Richards fit son apparition, et avec elle une vague de sensualité déferla dans le salon. Rien qu'en remarquant le regard réjoui de mon ami, j'aurais pu deviner la ravissante créature qu'elle était. Elle portait une robe en satin, d'un rouge vif qui sied particulièrement à une peau mate, et faisait ressortir ses longs cheveux noirs qui cascadaient sur ses épaules. Un sourire étincelant, un petit nez mutin, de grands yeux sombres, et des jambes parfaites complétaient le tableau. Je me dis que compte tenu de tous ces éléments, elle venait de passer en tête de liste de nos Dames Blanches potentielles.

Owen s'employa à la mettre à l'aise – comme si elle en avait besoin ! –, et n'aborda pas directement la question de l'enquête. Après un aimable préambule, il lança gaîment :

— Allons, laissez-moi deviner ! Vous avez des origines françaises, n'est-ce pas ? C'est très subtil, mais cela se perçoit à votre accent...

— Oui et non. Je suis née en Angleterre, mais j'ai vécu quelque temps sur le continent, et mon père était Martiniquais. Après un passage à la Sorbonne, j'ai filé en Afrique pour suivre un jeune militaire qui... Mais si je me mets à vous raconter l'histoire de ma vie, Monsieur, je crains que nous en ayons pour un moment...

— Oh vous savez, j'adore les histoires, y compris celles qui mettent en scène des valises mystérieuses.

— Je vois. Me pardonnera-t-on jamais cette petite plaisanterie ?

— Moi, je ne vous reproche rien, notez bien. Je n'aime rien tant que les bons tours et les surprises. La vie serait bien triste sans eux. Cependant... (Il fit une courte pause pour feuilleter son calepin) Oui, voilà... Andrew Moog. C'est bien le nom de cet ancien ami qui vous a donné rendez-vous à l'auberge samedi dernier, n'est-ce pas ?

— Oui, soupira-t-elle. L'inspecteur Lewis m'a déjà interrogée à ce sujet.

— Étant donné qu'on ne retrouve plus sa trace pour le moment...

— Ça, ce n'est pas très étonnant. Andrew a toujours eu la bougeotte. C'est peut-être pour cette raison que... Mais cela a-t-il vraiment une importance ?

Ignorant la question, Owen demanda :

— C'était donc une ancienne liaison ?

— Oui, et pas de celles dont j'ai gardé de bons souvenirs. Mon mari se doute bien qu'il n'est pas le seul homme de ma vie, mais j'aimerais autant lui épargner certains détails.

— Quand avez-vous vu ce Moog pour la dernière fois ?

— Il y a deux ans environ, en Belgique.

— Alors, pourquoi ce rendez-vous deux ans après, selon vous ?

— Je n'en sais rien. Mais comme il était toujours fauché comme le blé, je suppose qu'il avait l'intention de me demander une petite aide financière, ayant sans doute appris mon récent mariage.

— Aviez-vous, dans cette perspective, emporté de l'argent avec vous ?

— Certainement pas ! Et même s'il comptait monnayer quelque ancienne lettre passionnée, je ne lui aurais jamais donné un sou !

— Pensez-vous qu'il se manifestera encore ?

— J'espère bien que non !

— Si c'est le cas, vous feriez bien de nous prévenir, moi ou l'inspecteur Lewis. Mais je reviens à cette soirée. Vers minuit moins vingt, l'auberge a fermé ses portes. Qu'avez-vous fait ensuite ?

— Ensuite ? Mais je suis directement revenue ici ! Et sans jouer à la Dame du lac au passage, si c'est cela votre question !

— Je veux bien vous croire, Madame. Mais j'insiste pour que les choses soient claires, car vous aviez tout d'abord passé sous silence votre petite sortie.

— Pour des raisons assez évidentes et déjà expliquées. Me faut-il y revenir encore ?

— Non. En revanche, nous aimerions bien avoir votre avis sur l'ensemble des récents événements.

— Autrement dit, qui se cache derrière cette énigmatique et sublime Dame Blanche ? demanda-t-elle avec une nuance d'ironie. Peut-être moi ? ajouta-t-elle en étirant sa jambe, laissant deviner son galbe parfait.

— Vous en avez certes le physique, convint Owen avec une nuance d'admiration dans la voix. Tout donne à croire qu'elle est très jolie... Selon plusieurs témoignages, dont notamment celui de votre mari...

— Mais ne pensez-vous pas qu'il m'aurait reconnue alors, l'autre nuit, dans sa chambre ?

— Le problème, c'est qu'il n'a reconnu personne en elle.

— Alors, pourquoi ne pas chercher ailleurs, en dehors de cette maison ? Et puis qui sait, cette intruse portait peut-être tout simplement un masque !

— Avez-vous des soupçons ?

— Eh bien... oui et non. Je ne suis pas du genre à faire chorus aux racontars, mais d'un autre côté... il n'y a pas de fumée sans feu.

— Vous faites allusion à la voyante du village ?

Vivian haussa les épaules.

— Elle a bien annoncé le drame qui s'est produit à l'étang, non ? Et sans parler de sa moralité douteuse... Si je n'avais pas été là, si je n'avais pas rencontré Matthew, qui sait si cette petite ensorceleuse ne serait pas à ma place actuellement !

Owen réprima un sourire.

– Il est vrai que nous avons déjà eu des témoignages allant dans ce sens. Cela étant, comment ces événements sont-ils vécus ici ? Tout se passe bien ? L'ambiance est bonne ?

La jeune femme prit une profonde inspiration.

— Je fais d'immenses efforts pour qu'il en soit ainsi. La concorde a parfois un prix très élevé, Mr Burns, croyez-moi.

Après un mot d'approbation, mon ami la remercia, et l'accompagna d'un regard admiratif jusqu'à ce qu'elle eût fermé la porte derrière elle. Puis il me confia :

— Vous avez-vu ses chevilles, Achille ? Elles sont absolument parfaites !

— Ah ? Je ne l'avais pas remarqué !

— Alors je ne sais pas sur quoi vous fixiez vos yeux de merlan frit. Mais passons. Voyons à présent si celles de Mrs Ann Corsham peuvent tenir la comparaison.

La fille cadette de sir Matthew était également un beau brin de fille, mais d'un type bien plus nordique que Vivian, et plus hautaine, plus inaccessible. Avec ses cheveux dorés pris dans un chignon serré, son air altier, ses yeux bleu pâle, son visage aux traits délicats, elle évoquait la Reine des Neiges des contes. En un mot, une Dame Blanche parfaite, qui, dans mon esprit, venait de ravir à Vivian la première place des candidates à ce titre. Un bref coup d'œil à mon ami m'assura qu'il devait partager mon avis.

Nous passâmes avec elle en revue les divers événements survenus à Buckworth, sans pouvoir glaner d'informations supplémentaires. Concernant Lethia

Seagrave, son point de vue convergeait avec celui de Vivian. Peut-être même plus défavorable encore. S'il existait une personne néfaste dans les environs, c'était bien la fille de la lavandière.

— Quand nous étions gamines, expliqua-t-elle, nous jouions parfois ensemble. À cette époque, ses airs farouches et mystérieux m'amusaient. Puis nous nous sommes plus ou moins perdues de vue pendant les études. Cela ne m'a pas trop dérangé lorsque père allait la voir pour des tirages de cartes, jusqu'au jour où je me suis rendu compte qu'il la rétribuait très largement. Je précise qu'avant l'arrivée de Vivian, j'étais un peu sa secrétaire. C'est alors que j'ai commencé à la voir sous un autre angle, à comprendre tout le parti qu'elle tirait de sa réputation, et où elle voulait en venir. Mais hélas ! pour elle, elle fut coiffée sur le poteau par celle qui est devenue ma nouvelle « maman », et qui n'a même pas mon âge soit dit entre parenthèses.

Au fil de son récit, j'avais noté que les jolies mains de notre hôtesse s'étaient progressivement agitées, que son débit posé s'était altéré.

— Je comprends, fit Owen. Ce genre de situation est toujours délicat. Du moins, au début. Car en général on finit par s'y habituer…

— Oui, et c'est bien là le danger. Elle sait y faire. Elle a réussi à se faire accepter par tout le monde… y compris par moi-même, je l'avoue, tout en étant consciente de son petit jeu. Elle est vraiment très habile. Même ma sœur et son mari sont en train de succomber à son petit manège. Et elle a même profité des derniers événements pour resserrer les liens, comme dans un élan de solidarité familiale face au danger…

— Quel danger ? Celui de la Dame Blanche ?
— Entre autres, oui. Mais il n'y a pas que cela...
— Vous semblez très inquiète, Madame...
— Comment ne pas l'être ? répliqua-t-elle en haussant la voix. J'ai l'impression que les menaces viennent de tous côtés, à présent ! Depuis quelques mois, la quiétude presque séculaire de cette maison s'est progressivement effritée, dans une suite d'événements plus singuliers les uns que les autres et allant crescendo... D'abord, cette étrange visiteuse que mon mari et moi avions aperçue un soir près de la fontaine. Puis la soudaine « résurrection » de John, comme revenu du royaume des morts. Puis l'irruption d'une secrétaire dans cette maison, puis son mariage avec mon père presque dans la foulée. Puis l'arrivée annoncée de Margot et de son mari. Puis ce fantôme qui a surgi dans la chambre de mon père, et cette prédiction funeste, qui a fini pas se réaliser dans les circonstances dramatiques que l'on sait. Vous ne trouvez pas que ça fait beaucoup, en l'espace de trois ou quatre mois ?

— En effet, dis-je d'un ton apaisant. Mais nous sommes précisément là pour résoudre ces mystères...

— Et que comptez-vous faire, alors ?

Pris de court, je me tournai vers mon ami, qui dit après un temps :

— Vous avez parfaitement résumé la situation, Madame. Et également identifié le danger, dans la mesure où il semble en effet venir de toutes parts. Avec l'inspecteur, qui a retenu comme nous une chambre à l'auberge, nous avons prévu de faire le point ce soir. L'affaire est délicate, mais nous y remédierons, soyez sans crainte...

Avant d'entendre Peter Corsham, qui nous accompagna à l'extérieur jusqu'à la petite fontaine dans l'allée principale, Owen me confia qu'il était loin d'éprouver la confiance et la sérénité qu'il avait affichées devant la jeune femme.

Partant tous trois de la fontaine, nous traversâmes obliquement la pelouse jonchée de feuilles mortes, jusqu'à la grille de la clôture, que la mystérieuse visiteuse était censée avoir franchie comme si elle n'existait pas.

Après nous avoir relaté l'événement, il déclara :

— Cela remonte quand même à un petit bout de temps. C'était vers la mi-juin... J'avais pour ainsi dire oublié cet incident, jusqu'à ce qu'on reparle de la Dame Blanche. Alors vous comprenez, je ne suis plus très sûr de moi aujourd'hui. Et je le serais encore moins si Ann n'avait pas également aperçu cette femme...

— Donc, le fait qu'elle a traversé miraculeusement cette grille ne serait qu'une impression, en somme ? demandai-je.

— Essayez de vous représenter la scène. Il faisait nuit, j'étais près de la fontaine, je l'ai vue se diriger vers ici avant qu'elle disparaisse...

— Difficile de franchir cette grille d'un bond, fit remarquer Owen. Elle fait bien plus de deux mètres. Et je ne vois pas alentour le moindre endroit où se cacher, si ce n'est derrière un tronc d'arbre, dont le plus proche est quand même à dix mètres... Vous souvenez-vous de l'avoir vue ensuite de l'autre côté de la grille ?

–J'ai eu cette impression, en effet. Mais vous savez, on imagine parfois certaines choses, comme par une sorte d'enchaînement logique dans notre tête...

— C'est le principe même de l'illusion, répliqua Owen. Une belle illusion dont vous avez été probablement victime. J'ai une ou deux explications en tête, mais l'une et l'autre impliquent la présence d'un comparse. Cela étant dit, ce problème ne semble pas prioritaire, par rapport à la troublante prédiction de Miss Seagrave, par exemple.

Après avoir allumé une cigarette, Peter Corsham nous exposa les faits.

— Cette demande d'horoscope était évidemment un prétexte. J'étais allée lui rendre visite en « éclaireur », pourrait-on dire, afin de percer à jour ses manigances, missionné par notre petite communauté, mais à l'insu de mon beau-père, bien sûr. J'avoue avoir eu du mal à me faire d'elle une idée claire. Il y a comme deux personnages en elle... L'un, d'une candeur et d'une naïveté presque touchantes ; et l'autre, diamétralement opposé, plus calculateur, et même étonnamment doué... Bref, après un horoscope plutôt favorable pour moi, nous en sommes venus à parler de la Dame Blanche, de ses intentions... Elle m'a fait choisir une carte d'un jeu spécial, basé sur des symboles anciens, de type amérindiens. J'ai tiré la carte du jaguar. Je ne sais plus ses mots exacts, mais elle a été catégorique, en parlant d'un prédateur à l'affût, qu'elle a comparé à la Dame Blanche, sur le point de faire une nouvelle victime. Le message était on ne peut plus clair.

Owen hocha la tête, pensif, puis demanda :

— Cette carte, était-ce bien un choix personnel ? Ne vous aurait-elle pas forcé la main, par quelque habile subterfuge ?

— Je ne pense pas, réfléchit Peter. Après tout, elle pouvait me raconter ce qu'elle voulait, me dire la même chose si j'avais choisi un crocodile ou un serpent, ou mieux encore comparer ce fauve à un gentil chaton et me susurrer des choses heureuses...

— Bien sûr, approuva Owen en souriant. C'est un peu comme chez les journalistes. La découverte d'un chien écrasé pourrait annoncer une menace de guerre…

— Quoi qu'il en soit, j'avoue l'avoir quittée non sans une certaine appréhension, même si j'étais conscient de son petit numéro. De retour ici, j'en ai fait mon rapport aux autres, en plaisantant. Car si elle était effectivement cette Dame Blanche, elle n'aurait jamais eu le front d'annoncer aussi ouvertement sa prochaine intervention ! Mais à tort… Inutile de vous dire notre accablement lorsque nous avons appris, quelques jours plus tard, les circonstances de la mort du jeune Harry.

Au cours du silence qui suivit, les croassements d'un corbeau en maraude parurent comme amplifiés.

— Eh bien au moins, ce point est désormais clairement établi, déclara Owen. Plus nous avançons, plus chaque élément de notre puzzle gagne en mystère. Si cela continue ainsi, je vais finir par rendre mon tablier ! ajouta-t-il en souriant.

— À chacun son métier ! répliqua Peter Corsham.

— Vous êtes dans l'assurance, m'a-t-on dit ?

— En effet. J'ai un cabinet à Londres. Et j'ai la chance d'avoir un sous-directeur très compétent, car je ne m'y rends pas tous les jours de la semaine. Enfin – et pourquoi le cacher ? –, j'ai surtout la chance d'avoir un beau-père fortuné…

— « L'assurance » n'est donc pas une vocation ?

— Bien sûr que non. J'ai eu d'autres activités plus passionnantes ! Au début de la guerre, j'ai travaillé dans les transmissions…

Tandis que Burns fronçait les sourcils, il ajouta :

— Puis dans les services de renseignements. Je n'ai pas connu de déboires comparables à ceux de John, certes, mais ce n'était pas sans risque. J'avoue m'être ramolli depuis lors...

— Vous n'êtes pas originaire de la région, je suppose ?

— Pas du tout. Mon père était écossais et ma mère autrichienne. Je passe les détails d'une enfance assez vagabonde... Et c'est évidemment le fait d'être bilingue qui a déterminé mon rôle particulier pendant la guerre.

— Nous, nous étions déjà des vétérans, répondit Owen. Mais il m'est arrivé de donner des coups de main au service du contre-espionnage. Réflexion faite, c'était assez divertissant, ma foi...

— J'imagine, persiflai-je. Vous avez toujours adoré jouer au chat et à la souris !

Le soir même, installés dans un coin de l'auberge des *Trois Clefs*, après avoir dégusté un savoureux plat campagnard, nous faisions comme prévu le point de la situation en compagnie de l'inspecteur Lewis.

— Alors, demanda-t-il, le profil de notre Dame Blanche se précise ?

— Oui, répondit Burns. Nous avons établi une liste de suspectes, sur la base de leur physique. Ann Corsham est arrivée en tête, juste devant Vivian Richards, elle-même suivie de Margot, puis d'Esther...

— De leur physique ? s'étonna le policier. Et ce sont là vos seuls critères ?

— Désolé, mais dans notre affaire, cela semble être un élément majeur. J'ai du mal à imaginer ce brave Sam, par exemple (son regard s'était arrêté sur le patron de l'auberge, rond et trapu comme une barrique, qui officiait derrière le bar) dans le rôle de notre sirène.

— D'accord, mais ce ne sont quand même pas les seuls éléments qui... Et la jeune Seagrave, l'auriez-vous oubliée ? Je l'attendais au moins dans le trio de tête...

— Pas eu le temps de la voir. Ce sera pour demain, et elle subira un examen minutieux, je peux vous le garantir. Des pieds à la tête, avec une attention particulière accordée aux chevilles, qui font toute la grâce d'une femme, comme vous ne l'ignorez pas. Partant de ce postulat, et de celui que la Dame Blanche passe pour la féminité personnifiée, nous en avons déduit qu'un mètre ruban et une mesure précise des chevilles de nos suspectes devraient nous livrer la coupable sur un plateau, et cela sans trop d'efforts...

L'espace de quelques secondes, le policier dévisagea Owen comme s'il doutait de son état mental.

— Vous... vous plaisantez, Mr Burns ? bredouilla-t-il.

— Bien sûr ! Car que pouvons-nous faire d'autre, face à cet embrouillamini de mystères grandissants ? D'autant que, et vous l'avez souligné vous-même, il n'y a ni crime ni délit pour le moment. Juste des phénomènes incompréhensibles, en dehors du champ d'une enquête policière.

— Alors... que faire ?

— Je ne sais pas. Peut-être prier ! C'est en général ce qu'on préconise dans les situations désespérées, n'est-ce pas ?

Je n'en revenais pas. Mon ami semblait baisser les bras, comme s'il s'inclinait d'avance devant un adversaire hors d'atteinte. Après tout, je partageais ses conclusions. Et la question de savoir quelle suite donner à notre démarche se posait cruellement. La discussion qui suivit fut plus rationnelle, mais à peine plus constructive, et cela malgré plusieurs tournées de bières, qui ne nous apportèrent pas l'inspiration souhaitée. Vers 23 heures, nous nous levâmes de table, légèrement éméchés, certains que la nuit porterait conseil.

Le sommeil s'abattit sur moi comme une chape de plomb dès que je fus sous les couvertures, et la Dame Blanche ne tarda pas à me rejoindre dans mes rêves. À un moment donné, je perçus un vague bruit de sonnerie, mais me rendormis aussitôt. Puis je fus réveillé par de violents coups frappés à la porte. Avant que je ne réponde, le battant s'ouvrit brusquement en découpant un aveuglant rectangle de lumière dans l'obscurité. Deux ombres familières firent irruption, celles d'Owen et de l'inspecteur Lewis...

— Debout, Achille ! tonna la voix de mon ami. On file chez les Richards ! Une nouvelle visite de la Dame Blanche au manoir... Elle a semé une panique sans nom...

11

LE DIAMANTAIRE HOLLANDAIS

Le récit d'Achille Stock (suite)

11 octobre

Vers deux heures et demie du matin, nous nous retrouvions dans le salon de *Buckworth Manor*, où était réunie la maisonnée au grand complet, y compris les domestiques, Hildegarde la cuisinière, femme assez boulotte au regard de hibou, et Janet, la bonne, une jeune fille fluette d'une vingtaine d'années au visage criblé de rousseurs, où se lisait une profonde angoisse, qui résumait à elle seule l'atmosphère de la maison. Au préalable, nous nous étions entretenus avec le Dr Sanders, le médecin du village, prévenu d'urgence, avant même qu'on nous téléphone à l'auberge.

— Plus de peur que de mal, nous avait-il confié avant de prendre congé. Malgré son âge et sa faiblesse, Matthew est un solide gaillard ! Je lui ai administré quelques gouttes de digitaline et il va mieux. Son cœur a retrouvé sa pulsation normale. Mais il ne faudrait quand même pas que ce genre d'événement se reproduise trop souvent, et même plus jamais. Rappelez-lui que je veux le voir au cabinet pour un nouveau bilan. Et sans reporter aux calendes grecques si possible !

Cette fois, la Dame Blanche avait clairement pris pour cible le maître de maison. Elle était venue le « chercher », comme elle l'avait fait avec le petit Harry, et à deux reprises, en l'espace d'un quart d'heure de folie, dans un remue-ménage qui avait finalement fait fuir l'intruse.

Installé dans un coin du canapé, enveloppé dans une robe de chambre lie-de-vin, sir Matthew tentait de faire bonne figure. Il affectait une mine posée, cependant démentie par un teint grisâtre, et violacé à la hauteur du nez. Assise près de lui, Vivian lui tenait la main. Ses yeux sombres avaient perdu de leur assurance.

Après avoir recueilli les témoignages de chacun, et pris des notes dans son calepin, l'inspecteur Lewis proposa de reprendre chronologiquement l'ensemble des événements.

— Vers minuit, vous dormiez tous dans vos chambres respectives au premier étage, et au second pour les domestiques. Et c'est alors que vous avez entendu du bruit, lady Richards...

— Pas exactement, dit Vivian. Je venais de me réveiller, et j'avais senti comme une présence dans la pièce. Une présence étrangère, Matt dormait profondément à côté de moi... Je l'ai réveillé aussi doucement que possible, je lui ai expliqué, mais il n'a pas vraiment réagi...

— Je t'ai envoyé paître, en vérité, intervint son mari. Mais tu as insisté...

— J'ai allumé la lampe... et mon sang n'a fait qu'un tour : elle nous faisait face, à l'autre bout de la pièce ! J'ai poussé un petit cri, et cela a semblé la mettre en mouvement. Elle s'est lentement dirigée vers Matt, en levant la main...

— À ce moment-là, j'étais pleinement réveillé, fit le maître de maison. Vivian n'avait pas rêvé... Cette maudite créature était de retour, et plus vindicative que jamais cette fois-ci. Et toute proche de moi à présent...

— Vous souriait-elle ?

— Difficile à dire... Son bras était déployé et sa main blanche me paraissait démesurément grande. J'étais glacé d'effroi...

— Et vous, madame, avez-vous vu son visage ?

— Pas vraiment à ce moment-là... Tout est allé très vite... Pour protéger mon mari, j'ai saisi la lampe de chevet et je l'ai brandie devant elle, comme on fait pour éloigner les monstres avec une torche...

— Et la lampe ne s'est pas éteinte ?

— Non... le fil est assez long heureusement ! En tout cas, ça a marché... Elle a reculé, puis elle a contourné le lit pour se diriger vers la porte. Quand elle est passée devant moi, tandis que je brandissais toujours la lampe vers elle, j'ai nettement vu son visage... Un visage... je ne sais comment dire... D'une grande beauté, blanc comme ses vêtements, mais terrifiant... Son regard m'a glacée, j'étais comme paralysée... Je ne sais pas si elle l'a fait volontairement, mais en passant elle a fait tomber la lampe, qui s'est éteinte à ce moment-là. J'ai entendu la porte s'ouvrir, elle est sortie, et nous nous sommes retrouvés dans le noir, dans un état de terreur que vous pouvez imaginer. Matt était blotti contre moi, et j'ai voulu appeler à l'aide... Mais j'ai été incapable d'émettre le moindre son sur le coup. Puis j'ai poussé un cri, si strident qu'il a réveillé tout le monde, je crois...

— Je confirme, intervint le major. Margot et moi avons fait un bond dans notre lit comme un seul homme !

— Et peu après, fit l'inspecteur Lewis, vous vous retrouvez tous dans le couloir, y compris vous, y compris les domestiques Hildegarde et Janet, également alertées par le cri. Le temps d'entendre les explications de lady Richards, tandis que son mari était resté dans son lit, voilà que toutes les lumières s'éteignent. Et c'est là que la situation s'est dégradée... Chacun de son côté est allé allumer des bougies, aidé en cela par le major qui a rapidement récupéré sa lampe torche...

— En effet, approuva John Peel en grimaçant un sourire. L'ancien militaire que je suis en garde toujours une à portée de main la nuit. Et à ce même titre, j'ai un peu pris la situation en main. Notre Dame Blanche s'était enfuie, mais où ? Il convenait dans un premier temps de s'assurer qu'elle n'était pas cachée dans une pièce à l'étage. D'autre part, j'ai demandé à Janet et Hildegarde de jeter un coup d'œil au tableau électrique, dans la cave, afin de remplacer les plombs qui avaient sauté. Elles me semblaient les mieux qualifiées pour cela. Tandis que Peter, qui avait mis la main sur une autre lampe torche, est allé jeter un coup d'œil au second étage, avec Vivian. J'ai naturellement commencé par inspecter le petit bureau, où notre visiteuse nocturne s'était enfuie la dernière fois... Les cinq ou dix minutes suivantes, je dois dire que la situation est restée assez confuse, tandis que nous déambulions un peu partout à la lueur des bougeoirs et des chandeliers...

— Et pendant ce temps-là, reprit le policier en se tournant vers notre hôte, la Dame Blanche vous a rendu une seconde visite...

Sir Matthew hocha gravement la tête :

— Oui... Je venais à peine de me remettre de mes émotions... J'étais toujours allongé sur le lit, lorsqu'elle est entrée. D'abord, j'ai pensé que c'était Vivian ou une de mes filles... Je ne voyais qu'une ombre à contre-jour, dans l'embrasure de la porte, sur fond de lueurs mouvantes dans le couloir. Mais sa démarche lente, ses vêtements, son châle sur les cheveux, et sa main tendue en avant... C'est alors que j'ai compris... Et j'ai pensé au petit Harry... au récit de ses compagnons... Mon sang s'est figé dans mes veines... J'ai fermé les yeux et j'ai hurlé autant que mes forces le permettaient... Puis je ne me souviens plus de rien.

— Nous avons tous entendu ce cri, reprit John Peel. Mais sans pouvoir l'identifier, ni le localiser avec précision. Il pouvait provenir de n'importe quelle chambre dans cette zone. Toujours est-il que très peu de temps après, j'ai aperçu une silhouette de dos dans le couloir, à la hauteur de l'escalier, à la démarche trop assurée vu les circonstances. De plus, elle semblait toujours en chemise de nuit, alors que toutes nos amies avaient enfilé une robe de chambre entre-temps. J'étais environ à une dizaine de mètres d'elle. Elle s'est alors retournée... Avec son châle et son visage livide, ce ne pouvait être qu'elle... Elle a réagi sans tarder, en s'engouffrant dans l'escalier...

— Et vous, Mr Corsham, vous l'avez également aperçue à ce moment-là. Vous descendiez du second en compagnie de lady Richards...

— Oui, confirma Peter. Mais je n'ai compris que lorsqu'elle s'est mise brusquement en mouvement, s'engouffrant dans la cage d'escalier et dévalant les marches menant au rez-de-chaussée.

Plan du premier étage de *Richards House*

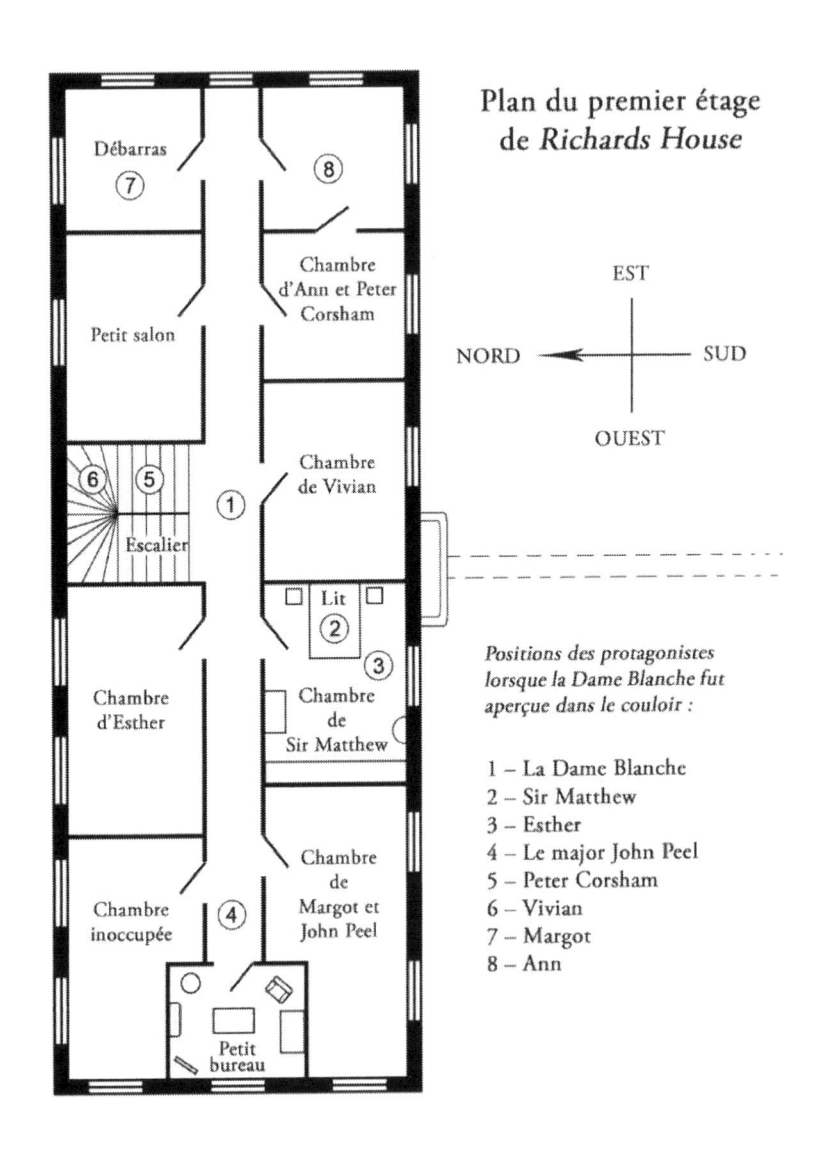

EST / NORD ← → SUD / OUEST

Positions des protagonistes lorsque la Dame Blanche fut aperçue dans le couloir :

1 – La Dame Blanche
2 – Sir Matthew
3 – Esther
4 – Le major John Peel
5 – Peter Corsham
6 – Vivian
7 – Margot
8 – Ann

Débarras (7)
Petit salon
Chambre d'Ann et Peter Corsham (8)
Escalier (6) (5)
Chambre de Vivian (1)
Lit (2)
(3)
Chambre d'Esther
Chambre de Sir Matthew
Chambre inoccupée
Chambre de Margot et John Peel (4)
Petit bureau

— Et vous, lady Richards ?

— Oui... enfin je l'ai à peine entrevue. J'étais plus en hauteur, derrière Peter.

— Toujours à ce même moment, reprit le policier en consultant ses notes, Esther était dans la chambre de Sir Matthew, qu'elle venait de découvrir évanoui ; Mrs Peel était à l'autre bout du couloir dans un débarras ; et Mrs Corsham dans sa propre chambre à coucher.

Les trois femmes approuvèrent en silence.

— Alors, je n'ai pas hésité longtemps, fit Peter. Mais John a été peut être plus prompt que moi. Il était presque à ma hauteur quand je suis arrivé au niveau du palier. Nous avons dévalé les dernières marches ensemble... Plus de trace de la fugitive...

— Nous avons balayé le hall de nos lampes torches, reprit John, nous interrogeant sur la direction à prendre. Et toujours pas de lumière... J'ai envoyé Peter dans la cave pour voir ce qu'il en était...

Janet expliqua, assez embarrassée :

— Ça ne marchait pas... Nous avions localisé les fusibles, en avons remplacé certains, mais rien. Et parfois, ça faisait même des étincelles. Puis, juste avant l'arrivée de Mr Corsham, ça s'est remis à fonctionner...

— J'étais toujours dans le hall lorsque le courant a été rétabli, reprit John Peel. Mais j'avais déjà senti un courant d'air frais suspect. J'ai alors remarqué que la porte d'entrée était légèrement entrebâillée. Nous sommes sortis, avons fait le tour de la maison, mais plus personne évidemment. La fugitive avait largement eu le temps de prendre la fuite. Entre-temps, sir Matthew avait repris connaissance. Nous avons immédiatement appelé le médecin, avant de téléphoner à l'auberge...

Il y eut un silence, puis Ann s'adressa à nous, les yeux étincelants :

— Et maintenant, que comptez-vous faire, Messieurs ?

— Eh bien, hésita Lewis, dans un premier temps, nous allons passer la maison au crible pour glaner un maximum d'indices...

— Et c'est tout ? Ne pensez-vous pas que la situation exige d'autres mesures ? Cette diablesse, dont l'appétit croît à chacune de ses interventions, semble aller et venir ici parfaitement à sa guise... Comptez-vous attendre, les bras croisés, qu'un nouveau drame se produise ?

— Non, bien sûr. Je vais voir avec mes supérieurs. Une surveillance me semble désormais justifiée. Deux agents de faction autour du manoir dès la tombée de la nuit... Qu'en pensez-vous, Burns ?

— Très bonne idée, approuva mon ami. Mais j'aimerais vous dire quelques mots en privé, sir Matthew...

Lorsque le reste de la maisonnée se fut retiré, Owen reprit la parole :

— Cette affaire semble plongée dans un brouillard impénétrable, mais après ce qui vient de se passer, les brumes se dissipent peu à peu. Des quatre interventions de notre Dame Blanche, trois se sont produites ici-même, et de plus en plus convergentes... vers vous, sir Matthew. Ce qui nous amène à une question délicate, mais primordiale...

Le visage du vieil homme se rembrunit :

— Vous pensez que... que cette créature cherche à me nuire personnellement ?

— Tout donne à le croire, j'en ai peur.

— Alors... vous accordez foi à la légende ? balbutia-t-il.

— Ceci est un autre problème. Ma question est la suivante : qui aurait intérêt à vous voir disparaître ?

— Eh bien...

— Nous n'allons pas tourner autour du pot. En un mot, qui hérite de votre fortune ?

Le maître de céans haussa les épaules :

— Mes enfants, bien sûr, selon toute logique. Et naturellement Vivian, que je ne puis laisser sans protection. Sans oublier ma fidèle Esther, quoique dans une moindre mesure.

— Et c'est tout ? Pas d'autres legs particuliers ?

— Si, quelques-uns, mais rien d'important. Je ne saurais même pas vous en dire le détail de mémoire... Mais à vous entendre, on dirait que la Dame Blanche vit sous ce toit... Je me trompe peut-être, mais cette pénible soirée ne vient-elle pas d'apporter la preuve du contraire ?

Owen éluda la question, puis demanda en regardant son hôte droit dans les yeux :

— Avez-vous des ennemis, Monsieur ?

— Des ennemis, répondit sir Matthew avec un sourire amer. Oui, et même beaucoup. J'ai passé pas mal d'années à m'occuper d'or et de diamants ou autres pierres précieuses. Et je ne parle pas de l'époque où je m'adonnais à la spéculation... Dans ces branches-là, c'est presque un combat à couteau tiré permanent... Il y a les vainqueurs et les vaincus. J'ai eu la chance de pouvoir faire partie des premiers... Quant aux autres, ils vous haïssent tous ! Alors oui, indiscutablement, j'ai eu beaucoup d'ennemis. Cela étant, je pense que si l'un d'entre eux avait voulu m'expédier ad patres, il l'aurait fait depuis longtemps. Aujourd'hui, je ne fais plus que gérer mes acquis…

— Ne dit-on pas que la vengeance est un plat qui se mange froid ?

— Oui, peut-être. Mais tout cela remonte quand même à très loin…

— Réfléchissez bien, sir Matthew. L'un d'entre eux pourrait être plus motivé que les autres…

Le vieil homme s'absorba dans ses souvenirs, tandis que les flammes dans l'âtre cuivraient son visage, soulignaient son sourire naissant.

— Oui, un nom me revient à présent, bien qu'il ne soit plus de ce monde. Sam Ziegler, un diamantaire hollandais, en fait mon principal contact à Amsterdam. Un homme de confiance, pensais-je, jusqu'au jour où je le confondis d'indélicatesse. Et trahir un ami, ça, ce sont des choses qui ne se font pas. Non seulement je lui ai rendu la monnaie de sa pièce, mais je l'ai discrédité à jamais dans le milieu. Ruiné et définitivement désavoué, il a lâchement choisi de disparaître, mais non sans avoir juré ma perte en guise d'ultime menace.

— Cela remonte à quand ?

— À une dizaine d'années. Il avait alors cinquante ans.

— Donc environ soixante aujourd'hui.

— Oui. Mais je suis pratiquement certain qu'il n'est plus de ce monde…

— Pourquoi cela ?

— Parce que sa femme a fini par se jeter par la fenêtre. Ce qu'elle n'aurait pas fait dans le cas contraire. Une triste affaire, en vérité, à qui je dois quelques nuits blanches.

— Je comprends, fit Owen, fixant d'un regard impénétrable les flammes dans l'âtre. Et avaient-ils des enfants ?

— Oui. Une fille et un fils, dont je ne me souviens plus du nom.

— Des enfants en bas âge ?

— Non, dans la vingtaine... Je crois qu'ils ont mal tourné tous les deux, et je me demande même si le fils n'est pas décédé lui aussi. Enfin c'est une vieille histoire... Mais je me sens las, à présent, Messieurs. Je vais suivre les conseils du toubib, à savoir une cure de repos. Si vous voulez bien m'excuser...

12

DANS LES RUELLES DE BUCKWORTH

Le récit d'Achille Stock (suite)

Nous nous levâmes à l'heure du déjeuner, avec une sérieuse migraine pour ma part. Mais la cuisine de la patronne fit des miracles. Je me sentais bien mieux après avoir dégusté une succulente omelette aux champignons et une pinte d'ale. Vers quatorze heures, alors que nous étions encore attablés, l'inspecteur Lewis fit son apparition. Lui n'avait pas fermé l'œil de la nuit, ayant supervisé l'enquête des agents envoyés en renfort. Pas très fringant il est vrai, mais encore opérationnel.

— Rien, déclara-t-il tout de go. Nous n'avons rien déniché, ni au premier étage, ni au second, ni à la cave. Quant à la panne de courant, elle a pu être aussi bien accidentelle que provoquée. Ce n'est pas très compliqué de provoquer un court circuit, à partir de n'importe quelle prise de courant, en connectant les plots.

— Et à l'extérieur, aux abords du manoir ? demandai-je.

— Rien non plus. Pas de traces déterminantes. Et avec l'herbe de la pelouse et le gravier de l'allée, nous n'étions pas aidés.

— Avez-vous contacté la hiérarchie ? s'enquit Owen en allumant un cigare.

— Bien entendu. On va avoir deux vigiles dès cette nuit. Mais sincèrement, je doute fort que cela nous permette de prendre notre sirène maléfique dans nos filets.

— Je vous l'accorde, mais cela aura au moins le mérite de calmer les esprits au manoir. Au fait, avez-vous pu joindre Scotland Yard au sujet de l'affaire Ziegler ?

— Oui. Ils vont se renseigner, fit Lewis avec lassitude.

— On dirait que cette piste ne vous emballe pas beaucoup, mon cher ?

— Rien ne m'emballe dans toute cette affaire, à vrai dire. Tout semble mener à rien. En venant ici, j'avais senti d'emblée comme une odeur de vase… Mais je ne prévoyais pas un tel bourbier ! En outre, nous avons rayé de notre liste d'un coup pas mal de suspects, la nuit dernière. Enfin des suspectes avec « e », devrais-je dire. Selon les divers témoignages et recoupements, il semble désormais acquis qu'aucune des trois jeunes femmes n'a pu tenir le rôle de la Dame Blanche, leurs maris respectifs leur fournissant un solide alibi. À l'exclusion d'Esther, et encore…

— Eh bien alors ! s'exclama Owen, après avoir rendu une longue bouffée de fumée. C'est plutôt une bonne chose, non ?

— Non. Cela nous mène tout droit vers Lethia Seagrave. Elle va rapidement porter le chapeau, au village, vous verrez. En fait, je crois que c'est surtout elle que nous devrions protéger à présent…

— Ne seriez-vous pas en train de nous faire un peu de favoritisme ?

— Je vous l'ai déjà dit, cette fille n'a pas eu la vie facile. Je m'en voudrais d'être amené un jour à lui passer les menottes aux poignets…

— Eh bien nous allons nous en occuper, inspecteur, et dès cet après-midi. C'était d'ailleurs prévu au programme. Et nous pourrons également en profiter pour savoir ce que nous réserve l'avenir, n'est-ce pas, Achille ?

Tandis que je haussai les épaules, Lewis approuva d'un signe de tête.

— Parfait, dit-il. Alors amusez-vous bien. Quant à moi, et même si mon médecin traitant ne le me l'a pas prescrit, je vais prendre un peu de repos avec votre permission...

* * *

— Ce Harry était un sale petit garnement, et rien d'autre ! Je ne dirais pas qu'il n'a eu que ce qu'il méritait, mais c'était tout sauf une innocente victime...

Lethia Seagrave avait prononcé ces paroles sans détour avec une lueur vindicative dans ses grands yeux marron. Le moins qu'on puisse dire, c'est qu'elle ne s'embarrassait guère de précautions oratoires pour livrer le fond de sa pensée. Cela confinait presque à l'inconscience ou à la naïveté. D'autant qu'au préalable, elle venait de nous avouer qu'elle n'avait pas d'alibi pour la nuit dernière. Avec un tranquille haussement d'épaules, elle avait déclaré qu'elle était simplement restée chez elle, seule, comme de coutume, avec ses compagnons habituels, c'est-à-dire trois chats, un chien, un lapin et une corneille, laquelle se tenait présentement sur le montant de la fenêtre ouverte de la véranda. Naïve et inconsciente, mais néanmoins perspicace :

— Je sais ce que vous pensez, messieurs, et je pourrais même vous choquer davantage en vous disant qu'il m'est arrivé de souhaiter sa mort. Mais je ne suis sans doute pas la seule au village. Posez par exemple la question aux Wilson, dont le gamin a perdu un œil à cause d'une farce stupide. Entre autres choses...

Tandis qu'elle énumérait d'autres méfaits du garnement, je guettais Owen du coin de l'œil. Il écoutait notre hôtesse, passionnément attentif, visiblement sous son charme, et cela depuis qu'elle nous avait accueillis. La manière dont il l'avait félicitée pour l'agencement de la véranda où nous nous trouvions en disait long. Tout avait trouvé grâce à ses yeux : les bibelots exotiques, le mobilier, les plantes, l'orientation de la pièce, bien exposée au soleil et offrant une vue agréable sur le village – il faisait assez beau cet après-midi-là – son côté mystique et chaleureux, à l'image des petits félins somnolant paisiblement près de nous. « Les chats, avait-il précisé, symboles de beauté et de mystère, les deux critères essentiels de l'Art »... C'était presque comme s'il lui avait déclaré qu'elle était l'âme sœur qu'il avait tant cherchée... Lorsqu'elle eut terminé son réquisitoire, il demanda :

— Mais vous-même, mademoiselle, aviez-vous une raison personnelle de lui en vouloir ?

Après un moment de réflexion, elle sourit :

— Oui. Et d'ailleurs si vous êtes assez observateur, vous devriez pouvoir trouver un indice dans cette pièce même...

En temps ordinaire, mon ami aurait bondi d'indignation pour une telle remarque, remettant en cause sa perspicacité qu'il estimait légendaire. Mais il n'en fut rien. Amusé, il jeta autour de lui des regards fureteurs, avant de capituler :

— Je ne vois pas. Je donne ma langue au chat...

— Vous brûlez. Ce n'est pas la langue du chat, mais...

Owen concentra son attention sur les trois petits félins, avant d'arrêter son regard sur le gros rouquin à la fourrure rayée.

— La queue ! s'exclama-t-il soudain. Il lui manque un bout !

— Continuez...

— Eh bien, je suppose que c'est à cause de Harry !

— En effet. J'avais un jour dit les quatre vérités à ce garnement, et le lendemain, mon malheureux « Grippeminaud » est revenu dans un piètre état, qui a nécessité tout mon savoir-faire pour le sauver. Ce moignon en est le triste souvenir... Bien sûr, je n'avais pas de preuve, mais qui d'autre que ce garnement pouvait en être responsable ?

— Et... qu'avez-vous fait ? demanda Owen, ostensiblement horrifié.

— Rien. Le sermonner n'aurait pas servi à grand-chose... Harry avait toujours été un « prédateur », s'arrogeant arbitrairement le droit de vie ou de mort, comme du reste nombre de nos semblables, j'entends à l'égard des animaux...

— La raison du plus fort est toujours la meilleure, commenta gravement Owen.

Il s'ensuivit un débat sur la cause animale – sur lequel Lethia et mon ami étaient à l'unisson – et trop long pour être reproduit ici. Mais cette discussion fut révélatrice de la personnalité et des dons particuliers de Lethia.

— ... Les observer, les comprendre, les mettre en confiance, expliqua-t-elle. Lorsque j'étais enfant, dans la grange de notre voisin, remplie de bottes de foin, j'adorais rechercher les nichées de chatons, puis je tentais de les approcher. Ce n'était évidemment pas une mince affaire. Mais la patience, l'observation, la tendresse en venaient à bout. Nouer le contact, les comprendre, deviner leurs questions, leurs angoisses dans leurs grands yeux innocents ; sentir leurs vibrations au contact de ces petites boules de poils... Forte de cela, il me fut aisé de les apprivoiser ou de les soigner. Et je crois bien que c'est cela, aussi, qui m'a permis de mieux saisir la nature profonde des êtres vivants, y compris celle des hommes. Et partant, de deviner leurs pensées... Cela peut vous paraître prétentieux, monsieur Burns, non ?

— Pas du tout. D'une manière simple et rationnelle, vous venez de dévoiler une partie de vos secrets. Cela dit, votre prédiction concernant la fin tragique de Harry reste troublante...

Elle secoua la tête.

— Ce n'est pas exactement ce que j'ai dit...

Sur quoi, elle évoqua en détails son entretien avec Peter Corsham, avant de conclure :

— Il m'avait interrogée sur la possibilité d'une nouvelle manifestation de la Dame Blanche. C'est lui qui a choisi la carte néfaste du jaguar... Et à partir de ce choix, décidé par le destin, il a mis la machine en route. J'imagine qu'il a dû annoncer ce sombre présage autour de lui. Cela a fait le tour du village, avant d'arriver aux oreilles de Harry. Lui-même en a subi l'influence, en modifiant son comportement, celui d'être amené à entraîner ses amis à l'étang cette nuit-là, voulant les épater comme toujours pour quelque motif douteux... avec l'issue fatale que nous savons.

— Inquiétant, commenta Owen en considérant sa main. En somme, chaque geste, chaque action d'entre nous, peut modifier le cours des choses... Chaque parole, aussi...

— Alors faites bien attention à la question que vous allez me poser ! dit-elle, rieuse.

— Et vous, à vos réponses, mademoiselle. J'en reviens à notre Dame Blanche, à ce qui se chuchote à son sujet. Vous ne pouvez pas l'ignorer... n'est-ce pas ? Alors, voilà ma question, que pensez-vous de ces rumeurs ? Fondées, non fondées, ou partiellement ?

Lethia se rembrunit. Elle se baissa, souleva le chat noir à ses pieds, puis le plaça sur ses genoux. Tandis qu'elle le caressait, pensive, on entendit s'élever le ronronnement du petit félin.

— Avant moi, c'était ma mère qui avait subi les mêmes soupçons. Et pire, même... Parce qu'elle avait fait tourner la tête à quelques villageois, certains voyaient en elle l'incarnation du mal, autrement dit une sorcière. Bien que la légende de la « lavandière de la nuit », ou de la Dame Blanche, remonte à plus loin, mais on a déjà dû vous en parler.... En fait, ma mère souffrait d'un mal étrange, qu'elle m'a du reste transmis. Mais je vous rassure, je crois en être guérie désormais... Vous ne devinez pas, monsieur Burns, non ? En fait, il s'agit plutôt d'une maladie, dont on n'aime pas trop parler... et qui vous amène à sortir la nuit, comme les chats, et à longer les gouttières, pourrait-on dire...

— Vous étiez somnambule ?...

— Oui, approuva-t-elle gravement. Ce n'est pas une chose agréable que de se réveiller soudain, la nuit, en pleine rue et en chemise de nuit, à vous demander ce que vous faites là...

— Et vous n'en avez jamais parlé ?

— Si, au début. Mais on m'écoutait toujours comme une coupable qui se cherche des excuses. À la fin, je me suis fait une raison. À cela, il fallait ajouter le reste, la réputation de ma mère, mon isolement, mon attachement « étrange » pour les bêtes, et mes séances de divination pour couronner le tout. Mais d'une certaine manière, cela a finalement contribué à mon aura de mystère, à ma notoriété de femme étrange aux « pouvoirs supranormaux »... Si bien que j'ai fini par prendre le parti de me taire.

— Mais vous êtes bien consciente que, dans l'état actuel des choses, cette réputation peut vous être préjudiciable...

— Je le sais. Mais je n'ai rien à me reprocher. Et je suis bien protégée...

— Ah ! Par qui donc ?

Souriante, et tout en soutenant le regard d'Owen de ses grands yeux marron, elle répondit :

— Mais par la Dame Blanche elle-même, bien sûr ! Elle seule a le pouvoir de mettre un terme à notre passage sur terre...

— Faites attention quand même, mademoiselle. Vous savez l'importance des mots, et que le sens de l'humour n'a pas que des partisans ! Pour en revenir à vos crises passées, qui est au courant, au village ? Ou plutôt qui vous a prise au sérieux ?

Elle haussa les épaules.

— Je ne sais pas trop... Peut-être juste sir Matthew.

— Ah ! oui, j'oubliais. C'est un de vos clients réguliers, nous a-t-on dit. Et assez généreux de surcroît.

— C'est vrai. Il est très fortuné, mais pas avare...

— Sinon, que pensez-vous de lui ?

Devant l'embarras de la jeune femme, Owen insista :

— Enfin vous devez bien le connaître, après toutes ces séances, non ? Vous avez eu le loisir de sonder son âme...

Après un long silence, et plusieurs caresses de son chat, elle répondit.

— Il y a deux personnes en lui. L'une bonne, et l'autre mauvaise... Je sais, c'est un peu basique comme réflexion, mais c'est ainsi que je le perçois. Et je m'en tiendrai à cela, messieurs, car je ne me sens pas une âme de juge.

Mon ami et moi échangeâmes un bref coup d'œil, tandis que Lethia continuait de prodiguer des soins affectueux à « Grippeminaud ».

— On nous a dit que vous pratiquiez également l'écriture automatique, reprit Owen.

— Est-ce que cela aurait un rapport avec l'enquête ?

— Nullement. C'est une question à titre personnel. J'ai simplement du mal à en concevoir son principe, ou plutôt ses résultats...

— C'est encore un autre de mes dons, répondit-elle simplement. Mais de cela, je n'en tire nul avantage pécuniaire. C'est juste une manière de me détendre, de découvrir les zones troubles de mon inconscient, ou de lire des histoires inconnues écrites de ma propre main. Je n'ai nulle prétention littéraire au demeurant.

Se tournant vers une étagère chargée de livres, Owen repartit :

— Je vois là pourtant de beaux fleurons de la littérature anglaise...

— Oui, j'ai commencé autrefois une licence de lettres.

— À Oxford ?

— En effet. Mais je ne suis pas allée jusqu'au bout...

— Faute de moyens, je présume ?

— Non... enfin oui. Je veux dire... c'était trop demander à maman. Elle s'était assez sacrifiée pour moi...

Son soudain revirement ne nous avait pas échappé, et elle en était consciente. Owen tenta de faire diversion :

— On m'a également parlé de votre salon à Londres, qui marche assez bien semblerait-il….

— Je n'ai pas à me plaindre, en effet.

— Vous vous y rendez souvent ?

— En général, ce sont uniquement des consultations sur rendez-vous, que j'essaye de regrouper. Globalement, j'y vais deux fois par semaine. Mais si vous êtes intéressé, je peux également vous proposer une séance ici…

— Pourquoi pas ! dit-il d'un air réjoui. Je vais y réfléchir… Vous rendre visite dans votre antre officiel ne me déplairait pas non plus. Ah ! encore une dernière chose, au sujet de votre écriture automatique. Vous m'avez intrigué. Verriez-vous un inconvénient à m'en soumettre un exemplaire ?

Lethia parut amusée.

— Nullement. Mais il faudrait que je classe mes papiers d'abord. Et vous risquez d'être déçu…

Owen s'arma de son plus beau sourire :

— Déçu par vous, mademoiselle ? Pardonnez mon audace, mais j'ai du mal à le concevoir…

Après avoir pris congé de Lethia, nous déambulâmes dans les ruelles de Buckworth. Owen tenait à s'imprégner de l'atmosphère du village, « afin de mieux pouvoir percer ses secrets », m'expliqua-t-il. Derrière chaque façade, chaque porte, chaque fenêtre, il flairait des mystères séculaires. Les quelques vieilles maisons élisabéthaines à colombages retinrent toute son attention.

— Vous sentez les vibrations qui émanent de ces vieilles pierres, Achille ? demanda-t-il. Elles veulent nous transmettre un message, elles ont vu naître la Dame Blanche... Ce sont des témoins de premier ordre. (Il inspira profondément) Même l'air est imprégné des effluves du passé...

— Vous devriez vous aussi vous essayer à la voyance, Burns !

— Et pourquoi pas ?

— Alors, la lumière de la vérité serait-elle en train de poindre ?

— Oui, mais petit à petit... Les réponses ne surgissent pas toujours avec la fulgurance de l'éclair. Elles peuvent prendre forme lentement, comme un plat qui mijote à petit feu...

Puis, me désignant une bâtisse en briques quelque peu délabrée.

— Là, c'est la maison familiale de l'inspecteur Lewis. Il m'a confié qu'il envisageait de la faire rénover...

— Eh bien, il va devoir faire quelques heures supplémentaires, alors !

— Achille, au nom du ciel, perdez donc cette manie de ne voir que l'aspect matériel des choses !

— Et vous, celle de tourner autour du pot ! Où voulez-vous en venir, au juste ? Je vous rappelle au passage que nous avons un sacré problème sur les bras ! Et vous, vous êtes là, à discourir, à faire le paon devant notre principale suspecte... Ou plutôt une cour éhontée ! Et ne dites pas le contraire !

— Ne vous est-il pas venu à l'esprit que ce pouvait être une manœuvre d'approche, pour mieux la percer à jour ?

— Donc, ce serait elle notre Dame Blanche, selon vous ?

Il s'immobilisa soudain, portant un doigt songeur sur ses lèvres.

— Je pense que Miss Seagrave joue un rôle dans cette affaire. Mais lequel ? Celui d'une instigatrice ou d'une victime ? Toute la question est là...

De retour à l'auberge, nous ne vîmes pas l'inspecteur Lewis, qui selon le patron n'avait pas quitté sa chambre. Il ne se montra pas davantage à l'heure du dîner. Owen me fit savoir qu'il avait besoin de mettre de l'ordre dans ses idées, et que pour cela une petite promenade nocturne serait tout à fait opportune. Comme il ne m'invita pas à l'accompagner, j'en déduisis qu'il voulait rester seul.

Qu'espérait-il donc ? Rencontrer la Dame Blanche ?

Quelques minutes après son départ, j'enfilai mon manteau et quittai l'auberge à mon tour. Mon intention n'était pas de le suivre, mais de me dégourdir les jambes moi aussi. Une fois dehors, je regrettai déjà ma décision. La nuit était particulièrement humide. Les quelques taches jaunâtres des fenêtres éclairées luttaient péniblement contre l'obscurité. Je me félicitais d'avoir emporté ma petite lampe torche. Déambulant au hasard des ruelles, je finis par me retrouver devant l'église, quelque peu rassuré, comme si l'édifice religieux avait le pouvoir d'éloigner les démons... En vérité, je n'en menais pas large. Cette obscurité humide me pénétrait insidieusement, enflammait mon imagination, tandis que je passais en revue tous les éléments de l'affaire. Comme attiré par le feu, je pris la direction du manoir. *Buckworth Manor* semblait à l'évidence au cœur du problème.

Cinq minutes plus tard, j'aperçus la grille de clôture de la propriété. Il me vint alors à l'esprit que les deux agents de police réclamés par l'inspecteur Lewis devaient être de faction autour du bâtiment. Ce n'était pas le moment de me faire repérer et de créer une fausse alerte. Prudemment, je longeai la grille en quête d'un poste d'observation favorable. Enfin, une trouée dans les arbres me permit de distinguer une bonne partie du manoir. Quelques fenêtres à l'étage étaient éclairées. Je demeurais là quelques longues minutes, sentant un froid toujours plus vif me gagner, et m'interrogeant sérieusement sur les raisons de ma présence : l'espoir secret d'être le témoin d'un nouveau drame ?

Tout à coup, quelque chose bougea au pied du bâtiment... Une silhouette, puis une autre... Sans doute les deux policiers. Ils semblèrent échanger quelques mots... Mes yeux s'habituant à l'obscurité, je reconnus leurs capes et leurs casques caractéristiques, ce qui me réconforta quelque peu. Mais c'est alors que se profila une troisième silhouette, plus proche, à mi-distance entre eux et moi... Quelqu'un à l'affût comme moi... Une vague d'angoisse me submergea, puis s'évanouit progressivement. La silhouette n'était ni blanche ni féminine. Enfin, je parvins à l'identifier par ses vêtements et son allure : mon ami Owen ! Que diable faisait-il là ? Prêter main forte aux vigiles ? Ou s'assurer de l'efficacité de leur surveillance ? Quelles que fussent ses intentions, je pouvais difficilement lui signaler ma présence sans risquer de me faire repérer moi-même par les policiers.

Je pris le parti de rebrousser chemin. Les explications attendraient un peu, lorsque nous serions au chaud, à l'auberge. Je comptais m'y rendre directement, mais j'hésitai au croisement principal du village. Le chemin filant vers le sud menait à la lisière de la forêt et du sentier débouchant de l'étang. Je ne sais quel diable m'y poussa, mais je choisis d'y faire un tour. Ma lampe torche me fut parfois nécessaire pour m'orienter. Cependant, je l'utilisais aussi parcimonieusement que possible, comme si je redoutais de me faire repérer. C'était absurde, car il n'y avait absolument personne, si ce n'est les habitants de la forêt.

Arrivé à destination, je regardai l'étang, dont la surface brasillait légèrement sous la clarté argentée d'un mince croissant lunaire. Il y avait quelque chose de magique en ces lieux, dans cette luminescence nocturne, dans ce profond silence, où le moindre bruit semblait se répercuter singulièrement. Je demeurais quelque temps immobile, à la fois inquiet et fasciné, songeant aux circonstances tragiques de la fin du petit Harry. Ce devait être une nuit semblable à celle-ci... Je sentais le froid m'engourdir les membres, mais pas l'esprit. Chaque scène de cette tragédie, du moins telle qu'elle nous fut rapportée par les gamins, se déroulait dans ma tête avec netteté. La découverte du piège à renard... les rameaux de ciguë arrachés... la souche d'arbre... puis l'apparition de la Dame Blanche...

À ce moment-là, je n'avais nul besoin de forcer mon imagination pour la voir arriver dans mon dos... Je me retournai, comme par réflexe. Pas de silhouette blanche, heureusement. Mais pas de noir absolu non plus ! L'espace d'un court instant, il m'avait semblé percevoir un reflet au loin sur le sentier... Sentant mon pouls s'accélérer, je restais immobile à scruter l'obscurité. Quelque chose bougeait... Quelque chose qui se dirigeait vers moi... Un frisson glacial me parcourut l'échine.

13

L'ETOILE DES TENEBRES

La porte s'ouvrit brusquement et Vivian pénétra dans le salon, le regard assombri.

— Un courant d'air accompagné d'éclairs, commenta Peter Corsham, accoudé à une des cariatides de la cheminée, un verre de whisky à la main.

— Pardon ? s'enquit-elle, le visage empourpré.

— Vous paraissez plus vive et plus contrariée qu'à l'ordinaire...

— Contrariée ! grinça-t-elle en se jetant dans un fauteuil. Comment ne pas l'être en de tels instants ?

Son regard courroucé se posa tour à tour sur Peter, Ann et Margot installées dans le canapé, et sur John qui feuilletait un journal.

— De plus, ce n'est pas très agréable de se faire reluquer quand on va se rafraîchir dans la salle de bain...

— De quoi parlez-vous ? s'enquit Ann.

— Des deux policiers censés nous protéger ! Enfin de l'un d'entre eux du moins... Je suis presque tombée nez à nez sur lui lorsque j'ai ouvert la fenêtre. Il n'a dû rien manquer du spectacle ! L'insolent ! Mais il va avoir de mes nouvelles !

— Hmm... fit Peter. Ne soyez pas trop dure avec lui ! Considérez votre action comme un aimable stimulant pour ce pauvre bougre chargé de passer la nuit entière à la belle étoile...

— Me voilà comblée d'aise ! Et tant que vous y êtes, servez-moi donc un verre de sherry...

Après que Peter se fut docilement exécuté, elle ajouta :

— Je doute fort de l'efficacité de cette surveillance, soit dit entre parenthèses. Tout ce que nous allons y gagner, c'est d'être encore davantage à cran ! Comme si nous en avions besoin !

— En somme, intervint Ann sans aménité, vous me reprochez mon initiative ?

— Je n'ai rien dit de tel. J'apprécie simplement la situation... en fonction des nouveaux éléments...

— Qui seraient ?

Vivian alluma une cigarette avant de répondre :

— Eh bien d'après Matt, la police serait sur une nouvelle piste, celle d'une vengeance personnelle... Tout le monde le sait bien, Matt ne s'est pas fait que des amis au cours de son existence...

— Hmm... fit le major John Peel, songeur. Donc, l'ennemi viendrait de l'extérieur. Cela a au moins le mérite de clarifier la situation.

— Reste donc à l'identifier, intervint Peter, qui fixait en souriant le visage de la cariatide. Le paternel en aurait-il une idée plus précise ? Qui, parmi ses vieux ennemis, aurait le physique de notre gracieuse visiteuse du soir ? De cette jeune et jolie Dame Blanche venue le harceler pour lui rappeler le souvenir de quelque ancien méfait ?

— Oui, dit Vivian. Matt a quelques soupçons. Une ancienne relation de travail. Mais évidemment, pour ce qui est du physique et de l'âge, il y a incompatibilité...

John secoua la tête, pensif :

— Nous sommes comme aveuglés par cette Dame Blanche et c'est une erreur. Pour moi, c'est un leurre qu'on agite devant nous sur fond de légende locale. La question de son identité est secondaire, dans la mesure où elle n'est sans doute qu'une comparse payée pour la circonstance, quelque acrobate de cirque ou romanichelle chapardeuse. Autrement dit, c'est surtout sur son commanditaire que la police devrait concentrer ses recherches...

— D'accord, mon chéri, dit Margot, comme tirée de sa rêverie. Mais dans ce cas, ce serait un plan de vengeance très élaboré, qui remonterait à plusieurs mois, bien avant ton retour au pays. La première apparition de cette créature, ici, au manoir, je le rappelle, date du début de l'été...

— C'est vrai, approuva sa sœur. Et c'est d'autant plus bizarre que toutes ses « visites » n'étaient pas spécialement concentrées sur père. Je pense notamment à celle de l'étang...

— Bonne remarque, ma chérie, fit Peter avec un sourire embarrassé. Non seulement ça ne s'est pas passé ici, mais en plus... comment dire ?... Là, l'action fut foudroyante... et fatale.

— Les gamins ont dû en rajouter, c'est tout ! trancha John. Mon esprit cartésien refuse d'ailleurs d'envisager toute autre hypothèse.

Tandis qu'elle jouait avec la belle topaze qu'elle portait en médaillon, Margot tourna un regard amusé vers son mari :

— La fameuse logique des hommes ! Ou c'est noir, ou c'est blanc. Eh bien moi, je trouve que la suite logique de ces événements n'est pas si logique que ça...

— Peut-être, répliqua John. Mais au moins, nous savons désormais à quoi nous en tenir sur la position de l'ennemi, qui, je le répète, vient de l'extérieur. J'en veux pour preuve la porte d'entrée que nous avons retrouvée entrebâillée la nuit derrière… Mais au fait, que fait sir Matthew ? Il s'est déjà couché ?

— Je ne pense pas, répondit Vivian en se redressant. Mais je vais m'en assurer…

Quelques instants plus tard, elle pénétrait dans le bureau de son mari, qui était penché sur sa table de travail, éclairée par une lampe à abat-jour vert – seule source de lumière en plus du feu dans la cheminée.

— Tu devrais aller te reposer, mon chéri, dit-elle avec une sollicitude inquiète.

— Me reposer ? Mais je n'ai fait que cela toute la journée !

— Alors tu pourrais peut-être nous rejoindre au salon ?

— Ce serait avec plaisir, mais j'ai encore des choses à terminer…

Elle se pencha vers lui pour lui déposer un doux baiser sur le front.

— Dans ce cas, je te laisse, mon chéri. Mais ne tarde pas quand même. Et n'oublie pas les recommandations de ton médecin…

Lorsque la porte se fut refermée sur sa jeune épouse, il eut un sourire attendri, que son visage ridé rendait un peu sarcastique. Il remercia le destin d'avoir placé sur son chemin une aussi douce créature. L'avait-il méritée ? Il était plutôt enclin à en douter, car il n'avait pas commis que de bonnes actions dans son existence… Et ce soir-là, il y songeait tout particulièrement, comme un juge impartial, disposant méticuleusement sur les deux plateaux d'une balance tous les actes commis au cours de sa longue existence. Les bons et les mauvais… Selon lui, l'équilibre était maintenu, quoique vacillant... D'un côté, sa satisfaction personnelle, de l'autre, quelques remords, étrangement pesants à présent ...

Se souriant à lui-même, il se leva, puis gagna un coffre-fort dissimulé derrière un pan de rayonnage amovible. Après avoir établi la bonne combinaison, il l'ouvrit et en retira un coffret en bois précieux. Peu de temps après, il contemplait son contenu étalé sur le bureau. Des éclats colorés, avivés par le cône lumineux de la lampe à abat-jour, se reflétaient dans ses yeux ravis, comme ceux d'un gamin contemplant une vitrine de Noël.

Il aurait pu disposer en enfilade l'ensemble de ces pierres pour retracer le cours de sa vie. Chacune lui rappelait un souvenir... Certaines étaient brutes, d'autres simplement dépolies, d'autres soigneusement taillées. Il avait toujours eu un faible pour ce gros diamant d'une vingtaine de carats qu'il s'était refusé à faire tailler... Il symbolisait ses premiers pas victorieux en Afrique du Sud. Ou encore ce bloc de lapis-lazulis, de valeur bien moindre, mais provenant d'une mine afghane qu'il avait rachetée pour une bouchée de pain à la suite d'une manœuvre subtile... Tout cela était à ranger du côté de ses réussites : autant de souvenirs d'une vie exaltante, placée résolument sous le signe de la chance – de celle qui n'appartient qu'aux audacieux –, une vie traversée de nombreuses bonnes fortunes. Parmi celles-ci, il en était une qui lui avait laissé un profond goût d'amertume. Ce petit rubis merveilleusement taillé en était le brûlant souvenir... C'était sans doute la femme qu'il avait aimée le plus ardemment, mais la barrière sociale qui les séparait était trop élevée... Il n'avait pu se résoudre à la franchir... La mort dans l'âme, il avait fini par sacrifier leur passion sur l'autel des convenances. Il lui avait offert ce rubis en guise de souvenir, mais elle le lui avait rendu. Elle était trop fière pour cela.

Il y avait encore ce diamant, plus modeste que le précédent, bien que tout autant chargé de souvenirs... Des souvenirs beaucoup moins heureux, en vérité... La pierre provenait de son ami Sam Ziegler.

Il s'empara fermement de la pierre précieuse, et sentit sa gorge se nouer, assailli par les remords. Sa vengeance avait été démesurée, il en convenait. Mais à qui la faute ? Rien ne serait arrivé si Ziegler ne l'avait pas trahi ! L'imbécile ! Il portait une grande part de responsabilité dans ce qui était arrivé par la suite à sa femme et à ses enfants. De fait, ses souvenirs à leur sujet n'étaient pas aussi flous qu'il l'avait laissé entendre aux enquêteurs. Les Ziegler l'avaient même invité pour célébrer la naissance de leur petite Déborah. Pauvre enfant... Après le drame de ses parents, elle avait sombré dans le plus profond des abîmes... Il avait engagé un détective pour retrouver sa trace, pour tenter de la sauver, de l'aider financièrement... Et c'est une loque qu'il avait retrouvée dans l'enfer des zones portuaires de Hambourg... Une épave au visage méconnaissable, qui avait atteint les derniers degrés de l'avilissement... Il n'oublierait jamais ces instants... Les yeux luisant de haine, elle lui avait craché au visage, comme révulsée de dégoût par sa simple vue...

Son regard se porta alors sur ce qu'il considérait comme le joyau de sa collection : « L'étoile des ténèbres ». Un saphir d'une eau très pure, d'un bleu assez pâle, et dont l'aspect translucide était rehaussé par une taille assez plate, en forme de médaillon. Il devait son nom à la longue suite de malheurs qui avaient frappé ses derniers propriétaires. Le dernier en date étant un maharadjah ayant subitement sombré dans la folie peu après son acquisition. Malgré sa sulfureuse réputation, sa mise en vente fut proposée à un prix prohibitif. Mais sir Matthew y avait vu comme une sorte de défi personnel. Rien ne pouvait l'atteindre, y compris les pires malédictions. Et en effet, depuis qu'il en était le propriétaire, aucune foudre du ciel ne s'était abattue sur sa tête. Cet achat, il avait toutefois jugé plus prudent de le garder secret. Et de nombreuses années s'étaient écoulées depuis lors...

Toutefois, chaque fois qu'il contemplait ce saphir, il ressentait une curieuse et indéfinissable impression. Il y avait quelque chose de glacial dans sa couleur d'un bleu proche de celui des lacs de montagne. La pierre, renommée pour ses pouvoirs de lucidité ou de clairvoyance, semblait vouloir lui transmettre un message. Elle vibrait à son contact. Une sorte de courant glacé lui parcourait l'échine jusqu'à la nuque. Mais sa seule réputation, aussi délétère soit-elle, ne pouvait en être la cause. Nombre de fois, seul, à l'abri de tout regard, il avait tenté de percer son secret, le tenant délicatement du bout des doigts, en l'exposant à une source lumineuse. En vain jusqu'ici. Mais à présent, à la lumière des récents événements, le voile du mystère se dissipait. Le texte édifiant qu'il avait lu récemment, les diverses manifestations de la Dame Blanche... Le message était des plus clairs : sa fin approchait à grands pas. Il allait bientôt devoir payer pour ses fautes...

Sir Matthew roulait dans sa têtes ces sombres pensées sans manifester d'angoisse particulière. C'était dans l'ordre des choses.

Un léger bruit à l'extérieur le fit sursauter. Il gagna la fenêtre et perçut des crissements de pas sur le gravier. Il haussa les épaules. C'était de toute évidence les vigiles chargés de surveiller son logis. Il eut un sourire ironique. Ces braves policiers, comme s'ils étaient en mesure de changer le cours des événements ! Leur présence était parfaitement inutile…

Il revint à son bureau pour contempler une nouvelle fois « L'étoile des ténèbres. Une silhouette blanche et vaporeuse semblait se mouvoir dans l'éclat bleuté de la pierre… Son visage se précisa… Un visage blanc comme la neige, ravissant, souriant, et qu'il connaissait bien désormais…

14

CHERCHEZ LA FEMME

Le récit d'Achille Stock (suite)

12 octobre

— …Ce quelque chose que j'avais vu bouger, et qui remontait lentement le sentier vers moi… Vous pouvez en rire, mais sur le coup, j'étais certain que c'était la Dame Blanche ! Puis j'ai fini par reconnaître sa silhouette… celle de mon ami Owen !

L'inspecteur Lewis avait du mal à dissimuler son amusement après avoir entendu le récit de ma promenade à l'étang. Nous ne l'avions pas revu depuis la veille. Il avait quitté l'auberge dès le matin, n'avait toujours pas donné signe de vie à midi, et ce n'est qu'en fin d'après-midi qu'il s'était manifesté à nouveau, heureux de pouvoir s'accorder une pause et faire le point de ces événements devant une bonne pinte d'ale.

— De mon côté, lui expliqua Owen, c'était à peu près pareil. J'étais allé faire un tour du côté du manoir pour me faire une idée de la situation, de l'efficacité de votre dispositif de surveillance. J'ai commencé par franchir la clôture sans me faire remarquer. Et vos agents ne m'ont pas remarqué davantage lorsque je me suis rapproché pour les épier. Et je ne parle pas de l'obscurité environnante, ni des arbres et des buissons aux abords du manoir. Bref, j'ai vite eu la conviction qu'un intrus n'aurait eu aucune difficulté à s'introduire dans le manoir, par une fenêtre mal bloquée ou par une des deux portes de service, pour peu qu'il fût muni d'un passe-partout, ou qu'il disposât d'un double des clés. En revanche, je n'ai pas remarqué la venue d'Achille... J'ai dû rebrousser chemin peu après son départ, et comme lui, j'ai eu l'idée de faire un tour à l'étang, pour bien m'imprégner des lieux du drame à la faveur de la nuit. Je dois dire que mon état de concentration était optimal, avec l'air de la forêt, la fraîcheur nocturne et l'obscurité ambiante. J'ai dû parfois allumer ma lampe torche pour me guider sur le sentier, et c'est ce qui a dû attirer l'attention d'Achille. Bref, je l'ai aperçu à mon tour, silhouette figée au bord de l'étang, dont la surface brillait légèrement sous la clarté lunaire. Comment ne pas penser à *elle* en cet instant ? À cette Dame Blanche que nous traquions sans succès jusqu'alors. Mais une partie de ma raison refusait de l'admettre... Me faisant violence, je me suis approché lentement pour en avoir le cœur net... jusqu'à ce que je reconnaisse la silhouette massive de mon ami.

Lewis, qui venait de terminer sa bière d'un trait, secoua la tête, amusé.

— Eh bien, Messieurs, pour deux experts de votre réputation, je ne sais que dire... J'ignorais que vous fussiez tous deux aussi impressionnables que des midinettes !

— C'est peut-être un atout, inspecteur, répliqua Owen avec humour. Cette disposition d'esprit particulière nous a permis de mieux saisir l'atmosphère des lieux, de ce village, à la nuit tombée. De comprendre que dans un tel environnement, où les vieilles pierres vous murmurent un passé trouble et séculaire, les autochtones soient enclins aux fantasmes de l'imagination...

— Attendez ! fit le policier, fronçant le sourcil. Vous n'êtes pas en train de me dire que les témoignages de Billy et Jack relèveraient simplement d'une hallucination ?

— Non. D'autant que j'ai eu l'occasion, ce matin même, d'entendre le petit Jack. Sa version n'a pas varié d'un pouce par rapport à ce que nous savons. Cependant, et c'était la leçon de la nuit dernière, un détail, un élément mal interprété au départ, peut changer l'ensemble ou la suite d'une histoire. C'est le principe même du quiproquo. Ou de la lecture. Vous identifiez un mot par son contexte ou quelques lettres clés. Votre esprit conditionné ne prend pas la peine de décrypter chaque caractère. Je crois que Jack et Billy sont fermement convaincus de ce qu'ils ont vu ou croient avoir vu... Et comme nous venons de le constater, dans l'atmosphère glauque qui pèse la nuit sur cet étang, il n'en faut pas davantage pour que vos sens soient fragilisés, votre perception altérée...

— Mais enfin, ils ont fermement déclaré avoir aperçu une femme tout en blanc poser la main sur Harry, pour lui porter l'estocade finale...

— Je préfère ne pas entrer dans les détails pour l'instant, inspecteur. Retenons seulement le principe, qui peut aussi s'appliquer aux autres apparitions de la Dame Blanche au manoir. Je le répète, cette expérience, qui vous a tant fait rire, a été des plus fructueuses...

— Soit, capitula Lewis. Nous n'en savons pas plus pour autant, mais nous voilà prévenus. En attendant, vous ne m'avez pas encore parlé de votre visite chez Lethia. Qu'avez-vous appris ?

Owen retraça brièvement notre entretien avec la jeune femme, puis demanda :

— Au fait, inspecteur, étiez-vous au courant de ces crises de somnambulisme, pour elle et sa mère ?

Le policier secoua la tête en se caressant les moustaches.

— Non. Je pourrais me renseigner afin de vérifier la chose. Néanmoins, je ne crois pas que cela serait de nature à la servir... Les gens y verraient la confirmation de leurs visions. Mais plus concrètement : est-elle oui ou non, selon vous, une coupable potentielle ?

— Pour ma part, intervins-je, je dirais que oui. Cette fille n'est en aucun cas la simplette que d'aucuns ont bien voulu voir en elle...

— C'est certain, dit Owen. Mais je serais plus nuancé, Achille, bien plus nuancé. Si mademoiselle Seagrave devait être coupable d'une quelconque manigance, elle serait plutôt instigatrice qu'exécutante. La personne qui a semé la panique l'autre soir au manoir a fait preuve de beaucoup d'agilité, de sang-froid et d'audace. Miss Seagrave pourrait posséder toutes ces qualités, d'autant qu'elle est très souple...

J'intervins avec un clin d'œil à l'adresse de Lewis :

— Mon ami n'a pas manqué de prendre ses mensurations avec un mètre ruban...

— Je vois, approuva l'inspecteur. Elle vous a conquis, Burns, n'est-ce pas ?

— Ma foi, c'est une suspecte intéressante, qui mérite sans doute un examen complémentaire...

— Owen a prévu de lui rendre visite à Londres, persiflai-je, pour un bilan astral...

Mon ami réagit au quart de tour :

— Et alors, Achille, seriez-vous jaloux ?

Lewis s'éclaircit la voix :

— Bon, messieurs, soyons un peu sérieux. Vous disiez donc, Burns ?

— Eh bien que je ne la vois pas dans le rôle de l'impétueuse Dame Blanche que je viens de décrire. Déambuler dans les ruelles d'un air mystique, oui ; mais jouer le rôle d'un impétueux fantôme, non. Et enfin, quelle raison aurait-elle de vouloir terroriser sir Matthew ?

Le policier hocha la tête avec un étrange sourire, puis déclara :

— C'était également mon point de vue, Mr Burns. Mais j'ai révisé mon jugement depuis...

— Depuis hier ?

— Oui. J'étais au manoir aujourd'hui, et j'ai appris certaines choses. Selon Ann, son père avait inscrit le nom de Miss Seagrave sur son testament. Enfin l'ancien, car il l'a fait modifier entre-temps, depuis ses secondes noces. C'est un premier point. Le second, c'est que je viens d'avoir des informations sur la situation bancaire de Miss Seagrave... Et là, j'ai été franchement surpris. Au fil de ses dernières années, elle a accumulé un beau petit paquet, alors que je la croyais passablement démunie. Ses activités de devineresse se sont révélées beaucoup plus lucratives que prévues... Des chèques émis par des personnalités, et non des moindres, dont sir Matthew, comme nous le supposions déjà, en attestent.

— Mais alors ? fit Owen. S'il la gratifiait si généreusement, pourquoi Lethia voudrait-elle étouffer la poule aux œufs d'or ?

Lewis pinça les lèvres :

— Je ne sais pas exactement, car la situation a manifestement changé depuis le remariage de sir Matthew.

— Pour tout le monde, me semble-t-il, répliqua Owen, comme piqué au vif. Et dans le mauvais sens, excepté pour Vivian, bien évidemment.

— À ce propos, reprit l'inspecteur, amusé, figurez-vous qu'elle s'est plainte ce matin, au sujet d'un de nos vigiles, qui aurait profité de sa position privilégiée pour la reluquer par la fenêtre de la salle de bain. L'agent concerné a vivement protesté, arguant d'un simple hasard, mais peu importe. Il semblerait que, désormais, notre protection les dérange plus qu'autre chose. Sir Matthew lui-même a affirmé qu'elle ne servait pas à grand-chose... Je ne sais pas, mais il m'a fait une drôle d'impression en m'en parlant... Et si l'on ajoute à cela votre propre conclusion, Mr Burns, sur la vanité de cette surveillance, je commence à envisager d'y mettre un terme rapidement. Qu'en pensez-vous ?

Owen avait levé la main comme pour intimer le silence. Après un moment de réflexion, il répondit :

— Ce que j'en pense, c'est que vous avez sans doute raison au sujet du récent mariage de sir Matthew : il a ébranlé la concorde régnant au manoir et a engendré les événements qui ont suivi.... Mais il y a quelque chose qui ne colle pas...

— Quoi donc ?

— Un petit problème de chronologie. Apparemment dérisoire, mais suffisant pour tout remettre en cause.

Nous n'en apprîmes pas davantage. Selon une habitude bien établie, Owen garda pour lui le fruit de ses cogitations. L'art de prononcer des paroles sibyllines devait remonter chez lui à l'époque où il avait acquis l'usage de la parole.

20 octobre

Une semaine s'était écoulée sans que la Dame Blanche ne refît parler d'elle. Nous avions regagné la capitale le lendemain de notre dernier entretien avec Lewis, lequel n'avait pas tardé à reprendre ses fonctions habituelles à Oxford. L'enquête s'était enlisée et la poursuivre dans ces conditions eût été vain. Ce matin-là, nous revîmes notre vieil ami le surintendant Wedekind, à Scotland Yard. Selon lui, il était en possession d'éléments nouveaux. Frank Wedekind avait toujours sa même moustache de brigand et ses sourcils bien fournis, mais qui avaient terriblement grisé. Et désormais, il évoquait même sa retraite. Et comme toujours, sa mine sombre s'éclairait comme un soleil levant lorsqu'il souriait. Ce qui fut le cas lorsqu'il nous accueillit.

— Alors, les amis ? Avez-vous profité de ce séjour à la campagne ? On dirait que oui, à voir votre teint un peu plus frais.

— Vous auriez pu nous accompagner, alors, répliqua Owen. Ça vous aurait fait gagner quelques printemps…

— Je vois, grimaça t il. La récolte n'a pas été folichonne… Mais en toute honnêteté, je le savais déjà. J'ai eu Lewis au bout du fil entre-temps, et… le moins qu'on puisse dire, c'est que vous n'avez pas fait d'étincelles.

— C'est vrai. Mais nous, nous sommes des limiers

de type carnivore, nous aimons la viande saignante. Et nous n'avons pas trouvé là-bas de véritable cadavre à nous mettre sous la dent, alors...

— Toujours aussi mordant, Owen, n'est-ce pas ? ricana Wedekind en allumant un cigare. Mais au fait, rien de suspect dans la mort du gamin au bord de l'étang ?

— Lewis a dû vous en parler. Un cas d'empoisonnement purement accidentel. Et nous avons pourtant tous trois cherché la faille. En vain. Enfin si l'on fait abstraction de l'histoire de fantôme qui va avec...

Le superintendant hocha la tête, reclassa sommairement ses dossiers avant d'en extirper un et de l'ouvrir sur son bureau.

– Pas de découverte sensationnelle de notre côté, mais sait-on jamais... Évidemment, ce type de recherche a pris un certain temps. Mais je dois dire que nos collègues hollandais ont été plutôt réactifs en la circonstance. Je commence par le cas d'Andrew Moog. Nous n'en avons déniché qu'un seul selon nos critères de recherches. Un gaillard de trente ans, soupçonné de vol et d'escroquerie, bien que jamais confondu. Mais voilà, le problème c'est qu'il a quitté le territoire depuis près de dix ans, et n'y a jamais remis les pieds. Et apparemment, il n'a pas refait parler de lui sur le continent. Et évidemment, aucun signalement de lui récent aux services des frontières. À moins qu'il n'ait changé d'identité entre-temps. Bref, j'ai la nette impression que la jeune épousée vous a fait marcher...

— Nous aussi, Wedekind, je vous rassure...

— Alors quoi ? On tente d'effrayer mortellement un vieux type plein aux as qui vient de se faire mettre la bague au doigt par une petite jeunette ? Cherchez la femme, cherchez à qui profite le crime, et vous saurez directement vers qui vous tourner...

— Bien sûr. Mais cette hypothèse reste branlante. Primo, lady Richards a un solide alibi la nuit où la Dame Blanche a fait son petit numéro au manoir. De par son mari, et même d'un de ses beaux-fils. D'autre part, notre belle Vivian n'entre en lice que bien après la première apparition de la Dame Blanche à *Buckworth Manor*...

— Ah ! je comprends, m'écriai-je. C'est là le petit problème de chronologie dont vous parliez l'autre jour !

— Oui, entre autres, Achille. Un bon point pour votre excellente mémoire. À moins qu'elle n'ait préparé son plan avant de faire sa connaissance. Mais c'eût été grandement spéculer sur ses pouvoirs de séduction, aussi considérables soient-ils... Au fait, avez-vous eu le temps de fouiner dans son passé ?

— Un peu. Il faut reconnaître que Miss Vivian Marsh a eu un parcours assez cahoteux. Cela étant, tout semble globalement conforme à ses déclarations, du moins pour la partie anglaise et française. J'en conclus que votre seconde piste, à savoir celle d'une vieille vengeance, passe désormais au premier plan. Et là, j'admets que le cas Ziegler n'est pas dépourvu d'intérêt. Une bien triste affaire, en vérité...

» Début 1914. Ruiné, Sam Ziegler disparaît dans la nature, mais tout donne à croire qu'il a acheté lui-même son billet menant au paradis, selon le dossier. Là-dessus, sa femme désespérée s'est jetée par la fenêtre. Mais tout cela, vous le saviez déjà. Le couple avait deux enfants, un garçon et une fille, Cornélius et Déborah, qui avaient respectivement 25 et 18 ans au moment du drame.

» Cornélius est gravement blessé lors d'un bombardement en Belgique. Lorsqu'il quitte l'hôpital, bien rétabli, on perd sa trace, pour ne la retrouver que quatre années plus tard. Il faisait partie de l'équipage du « Tigre », un modeste bateau de la marine marchande, qui a fait naufrage sur les côtes marocaines, le 27 novembre 1918 très exactement. Piégé par des récifs, le bateau s'était renversé et avait déversé tout son contenu sur la plage hérissée de rochers, marchandise et équipage y compris. Aucun survivant. Mais le cadavre de Cornelius n'a jamais été retrouvé... Aurait-il survécu par extraordinaire ? La question reste posée, même si l'on peut se demander pourquoi, dans ce cas, il ne s'est pas manifesté par la suite...

» Passons à Déborah. Elle, elle aurait été très ébranlée par le drame, et on la comprend. Elle a même fait un court séjour dans un établissement psychiatrique, quoique assez bref. Ensuite, elle sombre dans la prostitution... On perd sa trace, puis on la retrouve en Allemagne, à Hambourg, où elle devient une fille à marins, chapeautée comme il se doit par un maquereau du coin. À partir de là, plus de nouvelles... Triste affaire, comme je vous le disais.

— Oui, approuva Owen. Triste d'un point de vue humain, mais riche en possibilités sur le plan policier. Il est clair que si l'un d'entre eux a survécu, sa haine à l'égard de sir Matthew – l'homme qui a anéanti sa famille – peut justifier n'importe quel plan de vengeance, aussi diabolique soit-il.

— Exact, fit Wedekind avec un sourire en coin. Et si mes calculs sont exacts, Déborah aurait vingt-huit ans aujourd'hui, et Cornélius trente-cinq.

— Hmm... fit Owen en pinçant les lèvres. Voilà qui laisse songeur. Qu'en pensez-vous, Achille ?

— Je vois très bien où vous voulez en venir, répondis-je, sans pouvoir contenir un frisson d'excitation dans ma voix. Où se cacherait aujourd'hui cet éventuel survivant ? Voire : derrière quel masque ?

— Poursuivez, mon ami. Je note avec satisfaction que vous êtes en veine d'inspiration...

— Si nous partons sur la base d'un Cornélius, il y a une, et même deux possibilités. Je pense d'abord à Peter Corsham, qui nous a avoué lui-même un passé plutôt trouble. Ensuite, John Peel... Les âges correspondent assez bien dans les deux cas, soit dit en passant. Mais seule une étude minutieuse de leurs parcours respectifs pourrait nous permettre de clarifier les choses.

— C'est juste. Vous pourriez vous en occuper, Wedekind ? Vous rendriez un grand service à la justice si...

— Je connais la musique, Burns, merci. Et je vous rappelle au passage que j'ai quarante années de service !

— Merci, Wedekind. Et... au cas où Déborah aurait survécu ?

— Là, hésitai-je, c'est un peu plus délicat, quoique l'âge corresponde, ici aussi, avec toutes nos candidates au titre de Miss Dame Blanche. Mais on peut éliminer sans crainte les deux filles de sir Matthew. Une substitution de personnes n'aurait pu échapper à un père. Et l'on peut écarter Vivian pour la même raison. Si elle était Déborah, il l'aurait reconnue. Reste la dernière du lot. Et là, je serais bien plus prudent...

— Si vous songez à Lethia, vous pouvez l'éliminer de la même manière que Vivian.

— Pas forcément. D'abord, notez bien le fait qu'elle quitte pour ainsi dire le village pendant ses études, assez longues au demeurant. Vous voyez où je veux en venir ? Déborah aurait pris la place de Lethia pendant ce laps de temps. Avec le décès de sa mère survenu entre-temps, c'est parfaitement envisageable, pour peu qu'elles se ressemblent physiquement...

— D'accord. Mais pour sir Matthew, le problème n'a pas changé...

— Si ! Et cela expliquerait grandement son attitude attentionnée à son égard. Déborah ne lui a pas caché sa manœuvre – justifiée par je ne sais quelle excuse – et lui débite une poignante histoire du genre : « Je vous ai haï plus que quiconque, monsieur, mais j'ai toujours su qu'il y avait un fond de bonté en vous... » Et si l'on tient compte de son « expérience allemande », on peut imaginer qu'elle a pu ajouter quelque argument charnel pour étayer sa petite comédie...

— Vous êtes encore plus machiavélique que je ne le pensais, Achille. J'admets cependant que ça pourrait se tenir. Enfin là encore, il faudra peaufiner l'analyse... Wedekind, pourriez-vous ajouter quelques heures de recherches à vos quarante ans de bons et loyaux services ?

— Ça commence à chiffrer, tout ça, grommela le policier. Je ne sais pas si vous vous en rendez compte, mais fouiller le passé de toutes ces personnes... Et pendant ce temps-là, notez bien, nos criminels londoniens ne vont pas se mettre en grève !

Le lendemain matin, alors que mon ami et moi prenions notre breakfast assez tardivement, je fis savoir à Owen qu'il me fallait songer à retourner à Wedgwood, où mes affaires exigeaient ma présence. Il ne sembla ni réjoui ni désolé de la nouvelle, lorsqu'il ouvrit la bouche pour parler. Mais il fut interrompu par la sonnerie de téléphone du salon.

Owen se leva et sortit. Lorsqu'il réapparut quelques instants plus tard, ce fut pour m'annoncer d'une mine lugubre :

— J'ai peur qu'il vous faille différer quelque peu votre retour, cher ami. Je viens d'avoir l'inspecteur Lewis : notre Dame Blanche a refait parler d'elle au manoir. Une nouvelle visite pour sir Matthew, qui aurait pu être la dernière : il a été à deux doigts de faire le grand saut, cette fois-ci...

15

LA PLUME DE CORNEILLE

Le récit d'Achille Stock (suite)

23 octobre

Entre-temps, l'inspecteur nous avait fait savoir qu'il valait mieux attendre la sortie d'hôpital de sir Matthew pour l'interroger. Si bien que nous ne nous rendîmes à *Buckworth* que le surlendemain. Et ce n'est que jeudi, en début d'après-midi, que nous revîmes le maître de maison, dans le salon du manoir. Un pâle sourire éclairait son visage, visiblement marqué par les événements. Un foulard de soie noué autour de son cou semblait souligner sa fragilité.

— Oui, messieurs, nous confia-t-il, j'ai cru que c'était l'heure du jugement dernier. Un froid terrifiant m'a envahi lorsqu'elle a posé les mains sur ma poitrine, sur mon cœur... J'ai perdu conscience. Et lorsque j'ai retrouvé mes esprits, c'était pour découvrir le visage de mon médecin, qui semblait très inquiet...

— Et vous n'avez pas d'idée précise de l'heure, cette fois-ci ? demanda Owen.

— Non. Tout a été si soudain... Je dirais que la nuit était bien avancée, mais il pouvait être minuit comme 4 heures. Il paraît que c'est vers 5 heures que cette bonne Esther m'a découvert dans cet état.

— En tout cas, vous vous êtes couché vers 22 heures, seul, sans votre épouse qui a dormi dans sa chambre personnelle.

— Oui, j'étais un peu agité. Mais elle a décidé de ne plus me laisser seul la nuit désormais.

— Vous souvenez-vous de quelque chose de particulier, dans votre chambre, avant de vous endormir ?

— Non. J'ai pris mes médicaments, dont un somnifère – posés sur ma table de chevet – et je me suis endormi, sans même lire un peu comme je le fais d'ordinaire. Tout ce dont je me souviens ensuite, c'est d'avoir fait un cauchemar. Je marchais sous un soleil accablant, dans une fournaise épouvantable... Puis je me suis retrouvé dans la neige, cinglé par un vent glacial, luttant contre les éléments déchaînés, envahi par un froid intense... C'est alors que je me suis réveillé, que j'ai retrouvé le cadre rassurant de ma chambre, mais la sensation de froid demeurait... Enfin, je l'ai aperçue, toujours à la même place, à l'autre bout du lit, en face de moi, étrangement souriante...

— La lumière était allumée ?

— Pas la lampe. Je pense qu'il y avait une bougie allumée sur la console, mais ce n'est qu'une impression. L'éclairage était parcimonieux, mais suffisant pour l'identifier sans erreur de diagnostic, avec sa robe blanche et son châle sur les cheveux, son visage à la fois beau et étrange...

— La fenêtre était ouverte, semblerait-il ?

— Oui. J'ai eu cette impression. Mais tout a été si soudain que je ne saurais être trop affirmatif. Je ne voyais qu'elle, qui me fixait de ses yeux inquiétants, tandis qu'elle et ses mains blanches levées se rapprochaient de moi. J'étais comme paralysé dans mon lit, à la fois couvert de sueur et grelottant de froid, et la veste de mon pyjama était grande ouverte. Ses mains se rapprochaient toujours plus, le froid continuait de s'intensifier, puis, lorsqu'elle les a plaquées sur ma poitrine, j'ai senti comme une violente secousse électrique. Puis le trou noir...

— Et entre ce moment et celui de son apparition, une dizaine de secondes se seraient écoulées ?

Sir Matthew réfléchit un instant :

— Non, même pas. Elle s'est dirigée vers moi dès que je l'ai aperçue... En tout cas, ce dont je suis sûr, c'est que je reviens de très loin, messieurs...

— Et ce n'est pas qu'une impression si l'on s'en tient à l'avis médical, commenta Owen. À présent, il va vous falloir retrouver vos forces et votre courage...

— Pourquoi dites-vous cela, Mr Owen ? demanda le vieil homme avec un regard indéchiffrable.

Mon ami parut pris au dépourvu. Il balbutia :

— Mais... pour continuer à vivre !

Un paisible sourire parut sur le visage de sir Matthew :

— Quelqu'un en a décidé autrement, semble-t-il. Et j'ai bien peur, Mr Burns, que malgré tout votre talent vous ne soyez pas en mesure d'enrayer les rouages du Grand Horloger...

Il se fit un silence, au terme duquel Owen demanda :

– Vous souvenez-vous de notre dernière discussion au sujet du diamantaire hollandais, Ziegler ?

— Bien sûr. Je peux même vous dire que j'ai souvent pensé à lui depuis lors.

— C'est à propos de sa fille, Déborah...

— Ah, vous auriez de ses nouvelles ?

— Non. Mais je me demandais si vous seriez encore en mesure de la reconnaître ?

Il réfléchit un instant avant de répondre :

— Voyons, cela remonte à pas mal de temps... La dernière fois que je l'ai vue, elle devait avoir une quinzaine d'années tout au plus. Je pense donc que oui...

— Pourriez-vous nous la décrire ?

— C'était une belle adolescente, avec de longs cheveux châtain clair, qu'elle avait hérités de sa mère. Un visage agréable, avec des yeux expressifs, sans autre signe particulier... Ah ! Je comprends ! Vous pensez qu'elle pourrait être la Dame Blanche, revenue pour se venger, n'est-ce pas ?

— C'est une hypothèse parmi d'autres, répondit prudemment mon ami.

Sir Matthew secoua lentement la tête.

— J'ai peur que vous fassiez fausse route, Mr Burns, et que l'explication du mystère ne soit pas d'ordre cartésien...

Après avoir pris congé, nous retrouvâmes l'inspecteur Lewis qui nous attendait dans le hall, puis montâmes à l'étage et pénétrâmes dans la chambre à coucher de sir Matthew.

— Les faits sont relativement simples. Vers cinq heures du matin, ne parvenant plus à dormir, Esther s'est levée pour aller se préparer du café dans la cuisine. En passant devant cette pièce, elle a senti un léger courant d'air, qu'elle a rapidement localisé au bas de la porte. Cela l'a intriguée, car sir Matthew ne dort jamais la fenêtre ouverte à cette période de l'année. Après avoir frappé discrètement sans obtenir de réponse, elle a jeté un coup d'œil... La fenêtre était grande ouverte, comme elle s'y attendait, et son employeur était bizarrement allongé sur le lit, le teint violacé, et la veste de son pyjama déboutonnée...

» On peut dire qu'elle l'a sauvé, car si on l'avait découvert une heure plus tard, il ne serait plus de ce monde. Elle a prévenu aussitôt une ambulance et le Dr Sanders, qui a constaté que son cœur ne battait plus que très faiblement. Sir Matthew avait été victime d'une violente crise cardiaque. Depuis combien de temps ? Nul n'a pu le préciser. Mais en aucun cas une période dépassant trois heures. À l'hôpital d'Oxford, lorsqu'il y fut transporté en urgence, les premiers diagnostics furent des plus pessimistes... Nous savons à présent qu'il s'en est sorti, mais non sans séquelles, surtout dans sa conduite de vie. Plus aucun excès d'aucune sorte.

» Au cours de la nuit, nul n'a perçu de bruit particulier. Tout le monde déclare avoir dormi bien sagement dans son lit, y compris Miss Seagrave qui serait restée chez elle. Donc aucun alibi pour personne, si ce n'est éventuellement les deux couples. Mais chacun d'entre eux aurait pu fausser compagnie à son conjoint sans se faire remarquer.

Owen jeta un coup d'œil sommaire dans la pièce, puis demanda :

— Avez-vous trouvé quelque chose de particulier, ici ?

— Rien. Si ce n'est une goutte de cire sur la console, ce qui confirme la présence de la bougie allumée, mentionnée par sir Matthew.

— Bizarre, cette fenêtre grande ouverte, qui semble nous indiquer ostensiblement le passage emprunté par notre visiteur nocturne. Je suppose que vous avez soigneusement examiné le sol à l'aplomb de la fenêtre ?

— Bien sûr. Mais venez le vérifier vous-même.

Deux minutes plus tard, nous regardions la fenêtre depuis l'allée de gravier, tandis que Lewis poursuivait ses explications :

– Comme vous pouvez le constater, le manoir est parfaitement entretenu, hélas ! si l'on peut dire. Quelques plaques de mousse nous auraient bien aidés. Nous n'avons trouvé nulle éraflure suspecte, mais cela n'écarte pas pour autant la possibilité d'une acrobatie. Ce n'aurait pas été trop compliqué pour quelqu'un d'agile. La fenêtre à meneaux qui est en face de nous, et située sous celle qui nous intéresse, est dotée d'un encadrement en saillie, sommé d'un épais linteau. Il suffirait d'une échelle pour y parvenir, et de là, il est possible de se hisser jusqu'à la fenêtre de la chambre de sir Matthew. Délicat, mais réalisable, vous êtes d'accord ?

— Tout à fait, répondit Owen. Mais ce que je ne comprends pas, c'est pourquoi notre intruse se serait ainsi compliqué la tâche, alors que jusqu'ici elle avait toujours eu un accès aisé au manoir...

— Je sais bien, Burns. Pour l'instant, je me borne juste à vous présenter les faits. Soit dit entre parenthèses, j'ai vivement conseillé à sir Matthew de faire changer les serrures des portes extérieures du rez-de-chaussée. Et j'ai dû insister. Il a fini par y consentir, mais c'était comme s'il cédait à quelque fantaisie de ma part.

— Je vois. Nous aussi, nous avons noté son étrange résignation, comme s'il était déjà prêt à suivre la Dame Blanche lors d'une prochaine visite. On dirait que le travail de sape de son ennemi porte ses fruits...

— Oui, hélas ! gronda le policier en serrant le poing. Et un ennemi qui nous nargue toujours un peu plus à chacune de ses sorties ! C'est désespérant...

— Cela étant, reprit Owen, nous avons quelques éléments nouveaux, assez prometteurs.

Sur quoi, il rapporta au policier notre dernier entretien avec le surintendant Wedekind, relatif aux enfants Ziegler.

Les yeux plissés, et dirigés vers la fenêtre du premier étage, le policier alluma posément une cigarette.

— Intéressant, dit-il. Très intéressant, même si certaines de vos conclusions me semblent assez hardies. Le problème, c'est que tout cela risque de prendre beaucoup de temps pour être vérifié.

— Certes, approuva Owen en se tournant vers lui. Mais en ce qui concerne la petite Lethia, vous pourriez déjà avoir une petite idée, non ? Savoir si la Lethia que vous aviez connue jadis est toujours la même ?...

Le policier tira plusieurs bouffées nerveuses avant de répondre :

— Oui, je crois que oui. Je suis presque certain que c'est la même personne. Mais de là à le jurer sous serment...

— Vous paraissez embarrassé, mon cher, ou je me trompe ?

— Eh bien oui...Car je ne vous ai pas encore tout dit, ni à vous ni à personne d'autre du reste...

— De quoi s'agit-il ?

— De ceci, dit-il après une profonde inspiration, en glissant la main dans une poche de sa veste, pour faire apparaître une enveloppe.

Il l'ouvrit et en retira une plume noire, disant :

— Je l'ai trouvée juste ici-même, au pied du mur, entre les touffes d'herbe. Comme cela ne constitue pas de prime abord un indice évident, je l'ai gardée pour moi. Mais peut-être que vous avez déjà deviné, Mr Burns ?

Mon ami opina gravement du chef, avant de se tourner vers moi :

— Qu'en dites-vous, Achille ?

Après m'être éclairci la gorge, je répondis :

— Eh bien... à part qu'il s'agit d'une plume d'un gros merle ou d'un corbeau, je ne vois pas ce qu'on pourrait en dire de plus... Bon sang, j'ai pigé ! La corneille apprivoisée de Miss Seagrave !

Il y eut un silence pesant. Puis Lewis reprit :

— Évidemment, il faudra vérifier... Mais s'il s'agit bien d'une plume de corneille... ce sera une charge supplémentaire contre elle. Encore que j'aie du mal à imaginer la raison qui l'aurait poussée à s'encombrer de ce volatile à ce moment-là...

— Moi aussi, fit Owen. D'ailleurs tout semble de plus en plus étrange dans le trajet supposé de notre Dame Blanche, à savoir celui passant par cette fenêtre ouverte. Parfois, elle traverse les murs, les grilles sans la moindre difficulté, parfois, il lui faut ouvrir les portes ou fenêtres sur son passage... Et maintenant, elle aurait besoin de se faire accompagner de sa corneille fétiche, dans l'hypothèse où il s'agirait de Lethia... Je ne sais pas ce que vous en pensez, mais j'ai l'impression de nager en eau de plus en plus trouble...

Le policier poussa un soupir approbateur, puis demanda :

— En attendant, qu'est-ce que je fais de cet indice ?

— Consignez-le soigneusement, avec si possible d'autres bricoles insignifiantes, dans le rayon des objets trouvés. Hormis nous, nul ne fera le rapprochement. Vous pourrez toujours feindre une soudaine réminiscence si besoin était. Entre-temps, il faudrait essayer de se procurer une plume de notre corneille suspecte, pour pouvoir comparer les deux. Nous aviserons après cela. Mais quoi qu'il en soit, les présomptions contre Miss Seagrave, bien que nombreuses, restent légères d'un point de vue juridique. Je n'ai pas de conseils à vous donner, inspecteur, mais il vaudrait mieux attendre avant de sonner la charge.

— Attendre quoi ?

— Le résultat des enquêtes de Wedekind. Parce que là, si l'une des pistes s'avère positive, ce sera du lourd. Entre-temps, il serait aussi judicieux d'avoir un nouvel entretien avec Miss Seagrave, ne serait-ce que pour vous procurer cette fameuse plume...Mais surtout, il faudrait brasser avec elle vos vieux souvenirs, afin de vérifier son identité. Vous devriez bien trouver un truc dont un imposteur ne saurait se rappeler. Et cela, il n'y a que vous qui puissiez le faire, non ?

— Bien sûr, maugréa le policier. C'est comme si c'était fait !

16

UNE MISSION DELICATE

30 octobre

Ann ferma les yeux, déglutit, puis frappa trois coups discrets à la porte. Sans attendre de réponse, elle pénétra dans le bureau, où elle trouva Vivian, comme elle s'y attendait d'ailleurs.

Penchée sur son secrétaire, la jeune lady Richards se redressa :

— Oui, Ann, que puis-je pour vous ?

— Eh bien… c'est au sujet du virement. Celui du mois dernier n'a pas été effectué…

— Quel virement ?

— Celui de père, vous le savez bien…

— Vous parlez de la fameuse corne d'abondance…

— Pardon ?

— Rien, ma chère, rien. Voilà, c'est noté. Je verrai ça avec lui plus tard. C'est l'heure de la sieste pour le moment, comme vous le savez…

Ann se mordit les lèvres, se faisant violence pour ne pas hurler. Elle redoutait comme la peste ces humiliants entretiens, où elle se sentait ravalée au rang de mendiante à la sortie de l'église.

— Mais j'y pense, reprit Vivian en fourrageant parmi les feuilles étalées sur son secrétaire. Où est-ce donc ? … Ah voilà ! La dernière ordonnance du Dr

Sanders... Si vous pouviez faire un saut à la pharmacie, vous seriez un amour ! J'ai peur de ne pas avoir le temps de m'en occuper aujourd'hui...

Puis, considérant sa belle-fille, qui ne bougeait pas plus qu'une statue, elle ajouta en lui tendant l'ordonnance :

— Ann, qu'avez-vous ? Je ne vous demande quand même pas la lune, non ? Et il s'agit de la santé de votre père... Ah ! j'oubliais : quand vous aurez une seconde, passez aussi voir Hildegarde. Elle a préparé la liste des courses... De ce côté-là, nous avons pris un peu de retard avec tous ces événements. Vous pouvez voir ça avec Peter ?

— Il travaille aujourd'hui...

— Et bien demandez alors à John et à Margot ! Bon sang, Ann, qu'est-ce qui vous prend aujourd'hui ? J'ai l'impression d'avoir devant moi cette petite empotée de Janet !

Quelques instants plus tard, Ann pénétra dans le salon, et se dirigea tout droit vers le bar, sans la moindre attention pour sa sœur, qui avait posé ses mots croisés pour la suivre du regard. Elle remplit un verre de porto, qu'elle vida d'un trait, avant de se resservir aussitôt. Puis elle s'installa à côté de sa sœur, éclata en sanglots avant d'épancher ce qu'elle avait sur le cœur.

— Eh bien, fit Margot, je croyais que ça allait mieux entre vous deux ces derniers temps.

— Oui, hoqueta Ann. Lorsque nous sommes à table ou que nous jouons au bridge... Mais dès qu'il s'agit de choses pratiques, elle ne rate pas une occasion pour me rabaisser !

— Nous sommes tous un peu à cran avec ces événements, ma chérie. Lorsque les choses se seront tassées, tout ira mieux, tu verras...

— Ça fait un moment que ça dure ! répliqua Ann, guère convaincue, en se frottant les yeux. Et vous, Margot ? Je veux dire toi et John... Vous ne regrettez pas d'être venus ici ?

— Ma foi, non... Mais je ne pense pas que nous allons rester définitivement non plus. Lorsque John aura retrouvé du travail, nous retournerons à Londres.

— Et vous nous laisserez seuls avec cette tigresse ?

Margot pinça les lèvres, puis prit la main de sa sœur :

— Trois ménages sous le même toit, ce n'est pas une bonne chose à la longue. Je pense que Peter et toi, vous devriez aussi songer à vous installer de votre côté...

— Alors, elle aura réussi à nous chasser tous de chez nous et son triomphe sera complet !

Tandis que sa sœur gardait le silence, Ann reprit :

— Et John, lui, qu'en pense-t-il ? Il semble s'être parfaitement rétabli, à présent ? Et comment fait-il pour rester toujours aussi calme ?

— En apparence. Mais dans sa tête, il doit tourner comme un lion en cage. Il a toujours été habitué au grand air et aux grands espaces, tu le sais bien. Pour ce qui est de sa santé, il a recouvré tous ses moyens, ses défaillances de mémoire mises à part...

— Ah ? Eh bien ça ne se voit pas lorsqu'il joue au bridge ! Rien ne lui échappe !

— Je ne parle pas de ça, ma chérie. Mais de ses vieux souvenirs, ceux qui précèdent ses tragiques mésaventures en Afghanistan... Nous avons pris le parti de n'en plus parler, mais je sais que...

La porte du salon s'ouvrit à ce moment-là.

— Tiens, quand on parle du loup, fit Margot en esquissant un léger sourire.

L'irruption du major John Peel fut de courte durée. À peine venait-il de rejoindre les deux jeunes femmes, que la sonnerie de l'entrée retentit. Les priant de ne pas bouger, il fit demi-tour et quitta le salon.

— Inspecteur Lewis, dit-il en accueillant le visiteur sur le pas de la porte. J'espère que vous n'êtes pas porteur de mauvaises nouvelles ?

— Non, je vous rassure. Je tenais simplement à m'assurer que les engagements de votre beau-père ont bien été respectés, au sujet des serrures…

— Oui. Je m'en suis même occupé personnellement et l'ouvrier a terminé hier. On peut voir tout ça ensemble, si vous voulez ?

— Je vous en serais reconnaissant, merci.

Un peu plus tard, devant la porte de service qui s'ouvrait depuis le garde-manger attenant à la cuisine, le major récapitulait :

— Toutes les serrures des portes extérieures du rez-de-chaussée ont été changées, ainsi que certains verrous. Et les rares fenêtres sans treillage ou sans meneau ont été protégées par une grille. Bref, la nuit, nous sommes reclus là comme dans une forteresse !

— C'est une bonne chose, major. Cela aurait dû même être fait plus tôt !

— Sans doute. Mais comment prévoir ? Tout était toujours si calme par ici…

— Je sais bien, soupira l'inspecteur. Buckworth n'a jamais été un haut-lieu de la criminalité… Un havre de paix, en fait, jusqu'à ce que cette maudite Dame Blanche émerge des limbes de nos légendes locales.

— Comme va votre enquête, à ce propos ?

— Elle suit son cours, répondit prudemment Lewis. Mais vous savez, je ne suis pas ici à plein temps, et je ne cesse de faire des allers-retours d'ici à Oxford. Il y a bien quelques pistes qui…

— Vous ne voulez pas prendre un verre pour nous parler de tout ça tranquillement ?

— Jamais pendant le service, et du reste, je suis assez pressé. Il faut encore que j'aille voir une certaine personne...

Quelques instants plus tard, le policier tournait le contact de son véhicule, le front soucieux, se disant à part lui « Alea jacta est ». L'entretien qui l'attendait, et qu'il n'avait que trop reporté, lui donnait des sueurs froides. Au vrombissement du moteur, succéda le crissement des roues sur le gravier. Après avoir quitté la propriété des Richards, il prit la direction du village et gara son véhicule près de l'auberge. Il ferait le reste du chemin à pied, pour plus de discrétion – si cela était chose possible à Buckworth. Lorsqu'il arriva devant la maison de Lethia Seagrave, il fronça les sourcils en avisant le carreau d'une fenêtre remplacé par un bout de carton. Puis, après une profonde inspiration, il actionna le grelot de l'entrée.

Une demi-heure plus tard, il se sentait mieux, quoique toujours honteux de son rôle. Certes, son métier l'exigeait parfois, mais là, le double-jeu auquel il se prêtait lui était particulièrement pénible. Pour créer un climat de confiance, il avait poussé l'hypocrisie jusqu'à caresser tendrement les compagnons à fourrure de son hôtesse, alors qu'il n'avait pas d'affection particulière pour eux. En outre, il s'employait à vider rapidement les rafraîchissements proposés par son hôtesse, afin de multiplier les moments d'isolement pour mener à bien sa principale mission : prélever une des plumes de la corneille. Laquelle, fort heureusement, leur tenait compagnie dans la véranda. N'en ayant pas trouvé une, comme il l'espérait, aux abords de son perchoir, il allait devoir la prélever directement sur le volatile. Or, si l'on enseignait beaucoup de choses dans les écoles de police, celle-ci n'en faisait pas partie.

Le reste de sa mission se rapportait aux tests qu'il avait soigneusement préparés. Deux séries de questions, en fait, se rapportant à leurs souvenirs d'enfance. Des souvenirs bien réels, avec un faux dans chaque série, afin de mieux pouvoir confondre son hôtesse. La première série avait été un succès. Lethia avait bien réagi en secouant la tête négativement à l'énoncé du « faux souvenir ». Il venait d'entamer la seconde série.

— ... et cette farce qui avait mal tourné, avec le jeune Tommy qui avait foncé dans les ronces en s'enfuyant... Vous vous rappelez ?

— Bien sûr, approuva Lethia, amusée, mais avec un jeu de sourcils qui trahissait désormais une certaine perplexité.

— ... Ce même Tommy qui avait fini par tomber dans la fosse à purin... et c'est miracle que son oncle se soit trouvé là à ce moment pour pouvoir l'attraper par les cheveux...

— Ça, ça ne me dit rien, vraiment. Mais tout cela est si loin... Je vous sers encore un peu de citronnade, inspecteur ?

— Bien volontiers. Elle est vraiment délicieuse, et je ne m'en lasse pas...

Tandis que la jeune femme s'éloignait, il soupira. Lethia Seagrave n'était pas un imposteur. Il en avait désormais l'intime conviction. Restait le problème de la plume. Avec un léger sifflotement, il se leva et se dirigea vers la corneille. Mais comme mue par son instinct, elle se mit à battre des ailes à son approche.

— Tout doux, ma chère, tout doux. Je ne te veux pas de mal… Juste une petite caresse, ma belle…

Mais un nouveau battement d'ailes le fit tressaillir. Avec d'infinies précautions, il réitéra plusieurs fois sa manœuvre d'approche, lorsqu'il entendit la voix de Lethia dans son dos :

— Et si vous m'expliquiez franchement ce que vous cherchez, inspecteur ?

— Mais rien… j'essayais juste de…

— De lui prendre une plume ? Alors le plus simple serait de regarder derrière le grand pot bleu. Il devrait y en avoir une ou deux, autant que je me souvienne…

— Mais…comment… bredouilla-t-il profondément confus.

— Je n'ai rien deviné, ni vu quoi que ce soit dans ma boule de cristal. Simplement, j'ai entendu la rumeur…

— Quelle rumeur ?

— Celle qui veut qu'on aurait trouvé des plumes de ma corneille aux abords de la chambre de sir Matthew. Vous semblez surpris, inspecteur… Vous n'étiez pas au courant ?

— Eh bien… oui et non. Enfin pas pour la rumeur en tout cas. Mais il est un fait qu'on a bien trouvé une plume de ce genre.

— Alors servez-vous. Je n'ai rien à cacher en ce qui me concerne. Mais je peux vous dire qu'Iseult – c'est son nom – n'irait jamais jusque là-bas sans moi. Et personnellement, je ne suis pas allée au manoir ces temps-ci, comme je vous l'ai déjà dit.

Tandis qu'il s'approchait tout penaud du pot bleu, elle poursuivit :

— Faites votre travail, inspecteur. J'aimerais autant que possible être lavée de tout soupçon, et au plus tôt. Cela ne m'amuse pas d'être regardée de travers dès que je mets le nez dehors, de voir des gamins qui me tirent la langue, quand ils ne prennent pas mes fenêtres comme cible. N'avez-vous pas remarqué le carton en arrivant ?

— Oui, et c'est bien triste. Si vous savez qui vous a fait ça, je peux m'en occuper...

— Jusqu'au prochain, répliqua-t-elle en haussant les épaules. Et pour le reste, je veux dire cet étrange brassage de souvenirs ? Ce n'est pas sans raison non plus, j'imagine ? Auriez-vous des doutes sur mon identité ?

Après avoir trouvé et empoché la plume recherchée, Lewis se rapprocha de son hôtesse :

— Ce n'est vraiment pas facile avec vous, Lethia. Si tous les témoins que j'interroge étaient aussi perspicaces, il ne me resterait qu'à changer de métier. Mais pour répondre à votre question, sachez que je ne suis pas autorisé à le faire. Du moins pour le moment. Enfin, si vous me permettez un conseil, je ne m'attarderais pas trop dans ce village si j'étais vous. Vous êtes jeune, vous avez du talent et vous n'êtes pas sans ressource. Londres me semblerait bien indiquée dans votre cas.

Une lueur s'aviva dans les prunelles sombres de la jeune femme :

— Et qui s'occuperait de mes petits compagnons, alors ?

Après avoir pris congé, l'inspecteur Lewis retourna à l'auberge. Il s'installa au bar, commanda une pinte d'ale, puis entama une conversation avec l'aubergiste. Il était 16 heures passées et les clients ne se pressaient pas encore. Il lui parla très sommairement de sa visite chez Lethia, puis lui demanda s'il avait entendu parler de la découverte de la plume.

— Oui, opina Sam. J'ai entendu un ou deux gars en dire un mot...

— Quand cela ?

— Y'a un ou deux jours, je dirais.

— Et vous vous souvenez qui c'était ?

— Non, désolé. Vous savez, j'entends tellement de choses, ici. Mais entre nous, ça jase sur la petite Lethia...

— Je l'ai bien compris, Sam. Mais je n'en ai peut-être pas pris toute la mesure...

— Je sais que vous faites tout pour, mais il ne faudrait peut-être pas tarder à tirer tout ça au clair, Lewis. Les esprits s'échauffent...

Le policier haussa les épaules, puis commanda une nouvelle bière.

— Dites, Sam, je pourrais me servir de votre téléphone quelques instants ?

Dans son douillet appartement londonien, Owen Burns relisait la copie des notes personnelles de l'inspecteur Lewis, lorsque le téléphone sonna. Après avoir décroché, il s'exclama :

— Ah, c'est vous ! J'étais justement en votre compagnie, figurez-vous... Très instructives, vos remarques, mon cher. Il y a plein de petits détails qui m'avaient échappé... Quelles sont les nouvelles ?

Après avoir écouté un moment son correspondant, il déclara :

— Eh bien c'est déjà un bon point, Lewis. Lethia n'est donc pas Déborah Ziegler...

— Oui, grésilla la voix du policier dans le récepteur. Mais pour la plume, c'est certainement celle de sa corneille. Ca reste à être vérifié par un expert, mais à vue de nez, ça y ressemble fort. Mais cette plume nous pose un autre problème désormais. Vous êtes bien sûr de n'avoir pas soufflé mot de notre découverte à quiconque ? Vous ou votre ami Mr Stock ?

— Absolument. Pourquoi ?

Après avoir entendu les précisons du policier, Owen lâcha :

— Très étrange, cette fuite, en effet. Cela peut signifier deux choses... mais je vais encore y réfléchir. Pour en revenir à vos notes, et je vous félicite pour votre travail très consciencieux, j'ai relevé deux éléments, notamment, qui m'ont laissé perplexe. Il y a d'abord le livre de chevet de sir Matthew qui semble avoir été égaré. Je n'étais pas au courant... Et c'est peut-être beaucoup moins anodin qu'on pourrait le penser. Le deuxième point, c'est une question de suite logique... Oui, dans la chronologie des événements. Vos notes mettent nettement en lumière un point crucial, qui de fait... change tout. Un peu délicat à exposer au téléphone, mais nous en reparlerons. En attendant, ouvrez l'œil, et le bon, comme on dit. N'hésitez pas à me prévenir si besoin...

17

OU EST PASSE SIR MATTHEW ?

5 novembre

Les dernières lueurs pourpres du soleil venaient de disparaître à l'horizon. La nuit tombait sur Buckworth, en même temps que la fraîcheur s'accentuait. Dans le vaste salon de *Buckworth Manor*, un feu réconfortant crépitait dans la cheminée. L'horloge sonnait 18 heures lorsque sir Matthew se leva de son fauteuil, puis s'adressa à sa femme :

— Je vais prendre l'air, ma chérie. Je te laisse entre les mains bienveillantes de mes filles…

Vivian acquiesça avec un aimable sourire, mais qui disparut dès que son mari eut refermé la porte derrière lui.

— Réglé comme une horloge suisse, commenta le major John Peel, en s'extrayant à son tour de son fauteuil.

— Il est comme ça depuis un moment, répliqua Vivian. Je crois qu'en plus de ses prescriptions médicales, le Dr Sanders lui a établi une planification précise des ses journées : breakfast, première promenade, déjeuner, sieste, deuxième promenade… Oui, vous avez raison, John. J'ai l'impression de vivre avec un robot parfaitement programmé…

— Vous le lui reprochez ? s'enquit vivement Ann. Si vous souhaitez que votre « robot » fonctionne encore un certain temps, je vous conseillerais…

— Ce que je voulais dire, c'est qu'avant, il en faisait toujours à sa tête.

— Bon, fit John après s'être raclé la gorge ostensiblement. Je vais aller me dégourdir les doigts au billard… Peter m'attend.

— Dites-lui bien des choses de ma part, persifla Ann. Et ne vous attardez pas trop…

Lorsque le major eut quitté le salon à son tour, Margot soupira :

— Pourquoi passons-nous notre temps à attendre les hommes ?

— Voilà une bonne question, fit Vivian. Peut-être n'est-il pas loin le jour où les femmes prendront le pouvoir ! Voyons… Y a-t-il déjà eu par le passé une société dirigée par les femmes ?

— Oui, les Amazones, répliqua Ann en haussant les épaules.

— Mm… réfléchit Margot. Ces femmes ne se coupaient-elles pas un sein pour mieux pouvoir tirer à l'arc ?

— C'était même une société exclusivement féminine, précisa doctement Ann.

— Mais alors… comment faisaient-elles pour se reproduire ?

— Elles faisaient occasionnellement des razzias et violaient les mâles, tout simplement.

— Eh bien, plaisanta Vivian, voilà qui laisse rêveur…

La conversation se poursuivit sur le même ton jusqu'à ce qu'Esther fît son apparition un quart d'heure plus tard. Ann prit alors congé, pour changer sa blouse, qu'elle venait de tacher de porto.

Un peu plus tard, dans la salle de billard, Peter poussa un soupir d'exaspération après avoir raté un coup facile.

— C'est mal parti pour moi ! dit-il en se massant le poignet. J'ai peur de ne pas être à la hauteur, ce soir. Et si nous prenions un petit remontant ?

— Déjà ? Mais nous venons à peine de commencer...

— J'insiste, mon cher. À moins que vous ne preniez plaisir à achever un adversaire au sol...

— Très bien, capitula John. Si vous n'avez pas peur d'affronter le babillage des pies...

Lorsqu'ils revinrent au salon, tout juste après le retour d'Ann, l'horloge venait de sonner la demie de 18 heures.

— C'est bizarre, fit Vivian, les yeux tournés vers le cadran. Matt n'est pas encore rentré. D'ordinaire, il ne sort qu'une vingtaine de minutes tout au plus...

Après avoir servi un whisky à Peter et à lui-même, John fit remarquer :

— Nous n'allons quand même pas chronométrer chacune de ses sorties, non ? À moins que cela ne fasse également partie de sa prescription médicale.

— Peut-être, approuva Peter. Ou alors, c'est l'évangile selon sainte Vivian !

Sur quoi, il vida son verre d'un trait et éclata de rire.

Vivian blêmit, ses yeux lançant des éclairs.

— Il n'y en a pas un pour racheter l'autre.... Vous êtes odieux, tous les deux !

— Enfin, soyons sérieux, ma chère, reprit John. Vous n'allez pas vous inquiéter pour si peu, non ?

— Auriez-vous oublié l'état de Matt ?

— Bien sûr que non. Mais ce n'est quand même pas 10 minutes qui...

— Presque quinze, à présent, répondit Vivian avec un regard angoissé rivé à l'horloge. Je vous le dis, ce n'est pas habituel...

Peter venait de se resservir un second verre, qu'il avala aussi prestement que le premier, ce qui lui arracha quelques larmes. Se rapprochant de Vivian, il lui dit assez abruptement :

— Soyons sérieux un instant. Vous n'espérez quand même pas nous faire croire que vous êtes inquiète pour votre mari, non ?

Se dressant devant lui, et le regardant droit dans les yeux, la jeune lady Richards répondit d'une voix froide mais parfaitement posée :

– Si, je suis inquiète. Et je vous prierais de vous calmer.

Décontenancé, Peter vira à l'écarlate. Puis il ricana à la cantonade :

— Qu'est-ce que c'est que tout ce cirque ? Elle veut faire rire la planète entière, ou quoi ? Tout le monde sait, ici, qu'elle n'attend qu'une chose : que le vieux passe l'arme à gauche...

Un silence sépulcral s'abattit. Puis Peter reprit, comme s'échauffant lui-même :

— Personne ne dit rien ? Personne n'a le courage de lui dire les choses en face, pour une fois ?

On eût dit à cet instant qu'il était entouré de statues. Il se tourna vers John, comme en quête de soutien, mais en vain. Le major ne desserrait pas les lèvres. Puis, rouge de colère et de confusion, Peter quitta le salon, en claquant la porte derrière lui.

Quelques secondes s'écoulèrent dans un silence mortel, puis Vivian s'effondra en larmes. Ann s'approcha d'elle et posa la main sur son bras.

— Je vous prie de l'excuser, ma chère. Je ne sais pas ce qui l'a pris...

— Oui, c'est inadmissible, renchérit Margot. N'est-ce pas, John ?

— Tout à fait, approuva le major. Nous sommes tous à cran, et cela depuis trop longtemps. C'est évident, les mots ont dépassé ses pensées...

— Taisez-vous, sanglota Vivian. Je ne vous crois pas...

— Enfin, ma chérie, reprit Ann. Nous ne sommes quand même pas des monstres...

Esther vint à la rescousse pour tenter de calmer la jeune femme, mais sans grand succès. Il fallut plusieurs minutes avant que Vivian parvienne à contenir ses larmes. Mais sa colère restait intacte. Avisant l'horloge, qui marquait 18 h 45, elle scanda :

— Et il n'est toujours pas là !...

Puis, elle se dégagea violemment des bras protecteurs d'Esther et de Margot et se leva :

— Vous pouvez rester là à médire... Moi, je sais ce que j'ai à faire...

Sa robe rouge froufrouta tandis qu'elle se dirigeait vers la porte, qui claqua violemment lorsqu'elle la referma. On entendit alors ses pas résonner dans le hall. Puis un second claquement – celui de la lourde porte d'entrée –, qui fit trembler les murs.

Nouveau silence mortel. Tout le monde se regardait sans mot dire. Puis John prit la parole :

— Bon, Je crois que je vais la rejoindre... Et avec ce qu'elle a sur le dos, elle ne va pas avoir très chaud...

— C'est quand même bizarre, réfléchit Ann. Elle n'a peut-être pas tort, réflexion faite. Père devrait être de retour depuis un moment...

Margot et Esther en convinrent à leur tour, puis décidèrent de suivre John. Mais avant qu'ils ne quittent la pièce, on entendit de nouveau des pas vifs résonner dans le hall. Puis la porte du salon s'ouvrit en grand sur une Vivian encore plus blême que précédemment :

— Je l'ai vue... bredouilla-t-elle, le regard halluciné. Elle est là, dehors...

— Mais de qui diable parlez-vous ? s'enquit vivement le major.

— ... La Dame Blanche... Elle a traversé l'allée... quelques secondes... Mais c'était elle, j'en suis sûre !

Quelques instants plus tard, ils inspectaient les abords éclairés de l'entrée du manoir. Entre-temps, Peter, alerté par le remue-ménage, les avait rejoints. Puis, munis de torches électriques, ils se déployèrent plus loin, dans l'allée, à quelques mètres de la grille d'entrée de la propriété, là où Vivian affirmait avoir vu la Dame Blanche. Leurs recherches ne furent guère longues. Une ou deux minutes plus tard, le faisceau de la lampe du major s'immobilisait sur le corps inerte de sir Matthew, qui gisait près d'un arbre. Après un rapide examen, John se tourna vers ses compagnons en secouant gravement la tête. Mais avant qu'il ne détourne sa lampe, tous avaient pu remarquer le visage du défunt, figé dans une indicible expression de frayeur.

18

LE LIVRE DISPARU

6 novembre

— Eh bien, notre Dame Blanche aura fini par avoir ce qu'elle voulait, soupira l'inspecteur Lewis, la tête basse, les doigts croisés sur la table. Et elle aura triomphé sur toute la ligne…

Cet après-midi-là, dans la salle de l'auberge, presque déserte, le policier rapportait les premiers éléments de l'enquête à Owen, qui venait d'arriver de Londres après avoir été prévenu de ce nouveau drame.

— Nous n'aurons pas le rapport d'autopsie avant demain, reprit-il, mais le légiste pense qu'il ne différera guère de son premier diagnostic : sir Matthew est mort des suites d'un violent choc émotionnel, vraisemblablement dû à une peur intense. Et ayant vu le cadavre, avec ses yeux exorbités et ses mâchoires contractées, je ne peux qu'abonder dans son sens. D'autant qu'il ne comportait aucune blessure suspecte, bosse, hématome, éraflure ou autre.

Owen hocha pensivement la tête.

— La dernière vision de ce monde, pour sir Matthew, aura donc probablement été le doux sourire de la Mort, ou ses doigts blancs venant le chercher… Il faut dire qu'il était bien préparé pour cela, après les nombreuses apparitions de notre Dame Blanche…

— Et une proie bien facile pour elle...

— Est-ce que vous pensez que sa simple vue, alors qu'il se promenait dans le parc, aurait été suffisante pour le terrasser ?

— Non, semblerait-il. J'ai posé la question au légiste, qui m'a dit que c'est peu probable.

— Donc, elle s'est livrée à quelque manœuvre secrète. Mais laquelle ?... Qu'est-ce qui a pu effrayer sir Matthew à ce point ? Voyons, vous dites que le cadavre a été retrouvé au pied d'un arbre, non loin des grilles de l'entrée ?

— Oui, à moins de dix mètres de l'allée de gravier, et à peu près autant de la grille. Et à une bonne cinquante de mètres de l'entrée du bâtiment, ce qui m'a permis plus ou moins d'éliminer son épouse de la liste des suspects. Entre le moment de sa sortie et celui de son retour pour annoncer qu'elle venait d'apercevoir la Dame Blanche, il ne s'est guère écoulé qu'une minute selon tous les témoins. Difficile pour elle, dans ces conditions, de se livrer à je ne sais quel stratagème. Quant aux autres, aucun n'a d'alibi solide. Chacun s'est absenté au moins dix minutes. À une exception près : Margot Peel, qui n'a pas quitté le salon un seul instant.

Un sourire passa sur le visage d'Owen :

— Hmm... Vous dites cela comme si elle était coupable.

— Non, je note simplement le fait. Du reste, j'ai établi un résumé des mouvements de tous entre 18 et 19 heures, globalement l'heure entre la dernière apparition de sir Matthew et la découverte de son cadavre, et qui correspond également à l'estimation du décès selon le légiste.

Après avoir extirpé une feuille de sa poche, il la posa sur la table.

— Vous pouvez la garder, Mr Burns. J'en ai une copie.

— Voilà qui est précieux, merci. J'imagine que vous avez également passé la zone près de l'arbre au peigne fin, sans succès ; sans quoi vous me l'auriez signalé.

— En effet. Rien de particulier. En tout cas, pas de plume d'oiseau, cette fois-ci ! ajouta-t-il, amusé. Ah ! Vous l'ai-je dit ? Nos deux autres plumes sont identiques : j'en ai eu la confirmation par un gars du labo. Cette plume sous la fenêtre de sir Matthew provient donc bien de la corneille de Miss Seagrave.

Le policier fit une pause pour terminer sa bière, puis s'essuya les moustaches d'un revers de main, avant d'esquisser un léger sourire :

— Et à propos de Miss Seagrave, c'est là que les choses commencent à être intéressantes…

— Vous l'avez déjà interrogée ? Et je suppose qu'elle n'a de nouveau pas d'alibi ?

— Une chose après l'autre, Mr Burns. Restons calmes. Oui, je l'ai interrogée, juste avant le déjeuner du reste, et j'ai le plaisir de vous annoncer que cette fois-ci, elle aurait un alibi…

— À la bonne heure !

— Je précise « aurait », ajouta Lewis, malicieux. Car c'est quand même très serré question horaire, et il faut encore que j'interroge les témoins. De plus…

Il s'interrompit pour s'emparer de la sacoche en cuir à ses pieds, qu'il ouvrit. Puis il en retira une enveloppe en papier kraft, de laquelle il extirpa un bout de papier plié en quatre.

— Je vous laisse en prendre connaissance… C'est le message que Miss Seagrave prétend avoir retrouvé dans sa boîte aux lettres hier matin. En lettres capitales et sans signature, notez bien…

— Bizarre, fit Owen après l'avoir examiné.

— C'est le moins qu'on puisse dire. Mais je pense qu'il serait sage d'avoir la confirmation de son alibi avant d'en tirer des conclusions...

— Je vous le concède.

— Et ce n'est pas tout, poursuivit Lewis sur le même ton. J'ai réussi à avoir le notaire des Richards au téléphone. Je le connais personnellement et il n'a pas fait de difficulté pour m'exposer dans les grandes lignes les dernières volontés du défunt. Et là, attendez-vous à quelques surprises...

— Quel genre de surprises ?

— Une petite surprise et une grosse surprise... Pour la première, nous nous y attendions un peu. Mais pour la seconde...

Après avoir tourné la tête à droite et à gauche, le policier se pencha vers son vis-à-vis.

—Je ne pense pas que les murs aient des oreilles par ici, mais sait-on jamais...

— Vous me faites marcher, inspecteur ! Nous sommes presque les seuls dans la salle et...

— Alors écoutez...

Après que l'inspecteur lui eut chuchoté quelques mots à l'oreille, Owen hocha la tête en souriant.

— Je l'avais envisagé, figurez-vous. Mais j'avoue que ce n'était qu'une hypothèse à mes yeux. En tout cas, il risque d'y avoir des remous dans la salle lors de l'ouverture officielle du testament !

— C'est prévu pour après-demain. Je vous le confirmerai. Encore une dernière chose, et non des moindres...

De nouveau, le policier s'empara de sa sacoche. Il en retira une enveloppe plus large et plus épaisse que la précédente.

— Encore une surprise ? s'exclama Owen, ravi. Décidément, c'est une vraie boîte à malices, votre sacoche !

— Ça, je dois le dire, c'est un peu grâce à vous. Vous vous souvenez de notre coup de fil, la dernière fois ? Vous étiez intrigué par un livre disparu...

— Le livre de chevet de sir Matthew !

— En effet. Eh bien, le voilà...

Tandis qu'il le sortait délicatement de l'enveloppe, Owen demanda :

— Comment l'avez-vous retrouvé ?

— Ce n'est pas une recherche personnelle. À la suite de votre remarque, j'en avais parlé lors d'une de mes dernières visites au manoir, mais ce n'est que ce matin qu'il m'a été remis. C'est lady Richards qui l'a déniché dans le petit bureau du premier étage, au milieu d'autres documents. Elle ne l'aurait pas remarqué sans sa couverture particulière...

Avec un sourire de grande satisfaction, Owen contempla l'objet entre ses mains. Avec ses moirages noir et violet, ladite couverture ressemblait davantage à un porte-documents. Il l'ouvrit et découvrit plusieurs feuilles manuscrites, d'un papier de fort grammage. Une vingtaine ou une trentaine tout au plus. L'écriture était ample, penchée, élégante... Son sourire s'accentua, lorsqu'il demanda à son interlocuteur :

— Vous savez qui a écrit ça ?

— Enfin je le suppose, car quelqu'un a émis une hypothèse dans ce sens...

— Moi, je ne connais pas l'écriture de Miss Seagrave, mais je la devine. Et c'est sans doute cette fameuse prose écrite en état de transes qu'on appelle écriture automatique... Vous l'avez lu ?

— Quand diable en aurais-je eu le temps, Mr Burns ? grommela le policier. Les quatre heures de repos que j'ai eues cette nuit ont été entièrement consacrées au sommeil et à la récupération !

— Bien sûr, fit Owen, compatissant.

— J'ai juste jeté un coup d'œil sur le début, et cela me paraît en effet assez délirant... Mais vous, j'imagine, vous allez en tirez des déductions pertinentes...

— Oui, et cela même dès à présent, répondit-il en feuilletant les pages. Je peux d'ores et déjà vous annoncer que nous venons de faire une avancée majeure dans cette affaire, et que les jours de notre Dame Blanche sont désormais comptés !

Il se fit un silence, puis le policier demanda :

— Que comptez-vous faire, à présent ?

— J'aimerais bien revoir Miss Seagrave, dans un premier temps.

— Eh bien vous n'avez pas de chance. Elle doit être à Londres, actuellement. Elle m'a dit qu'elle avait des rendez-vous à honorer cet après-midi dans son cabinet de voyance.

Owen consulta sa montre de gousset.

— 15 heures 35, réfléchit-il. Avec un peu de chance, je peux y être en fin d'après-midi en prenant le prochain train. Je suis sûr qu'elle aura la bonté de m'accorder une dernière séance après ses autres clients...

Puis, posant la main sur la couverture moirée, il ajouta avec alacrité :

— Je peux vous emprunter ceci ? Cela me fera un peu de lecture pendant le voyage !

19

SEANCE DE VOYANCE

Un épais silence meublait la pièce à l'atmosphère lourde. Des tentures de velours d'un violet profond, d'autres d'un vert émeraude passé, en formaient l'écrin. Plusieurs cristaux scintillaient sous un éclairage étudié, essentiellement assuré par deux candélabres garnis de bougies allumées. Cà et là, quelques symboles cabalistiques, ornant des tableaux, des dos de livres dorés ou des coffrets en bois précieux. Mais sur la petite table ronde centrale, rien qu'une nappe de velours noir et les doigts écartés de Lethia, qui regardait son invité d'un air impénétrable. Avec son turban violet, son visage étroit et triangulaire, de type vaguement eurasien, ses grands yeux qui brillaient comme des diamants noirs, on eût dit une déesse de pagode. Ses boucles d'oreille, et quelques fils d'or et d'argent dans son turban achevaient de lui conférer une allure mystique.

Bien qu'habitué au milieu du music-hall ou aux séances de paranormal, Owen était malgré tout impressionné. Dix minutes plus tôt, alors qu'il s'était arrêté devant son échoppe, dans la bruyante et mouvementée artère d'Oxford Street, il n'imaginait pas qu'il allait changer d'univers aussi soudainement. Au-dessus de l'entrée, un panneau où l'on pouvait lire en lettres dorées « *Lethia, fille du fleuve de l'oubli, voyante extra-lucide »* annonçait pourtant la couleur, quoique de manière plutôt convenue. Mais ce n'est qu'après avoir franchi la porte que le changement s'était opéré. Il avait eu de la chance, car Lethia venait de recevoir son dernier client et était sur le point de fermer boutique.

— Pourquoi ne nous avoir rien dit ? s'enquit-il après un long silence.

Le visage de la jeune femme s'éclaira d'un mince sourire.

— Vous êtes venu pour une consultation ou pour votre enquête, Mr Burns ?

— Les deux. Car pour moi, aujourd'hui, l'un ne va pas sans l'autre. Je me permets donc de réitérer ma question : pourquoi ce silence ?

— Mais de quoi parlez-vous ?

— Vous le savez très bien. À moins que vous n'ayez perdu tous vos pouvoirs...

Avec un haussement d'épaules, elle capitula.

— Eh bien parce que je m'y étais engagée. C'était un secret entre nous, et qui devait le rester jusqu'à sa mort...

— J'avoue avoir eu des soupçons lorsque vous évoquiez vos études, vous vous souvenez ? Vous avez marqué une hésitation à propos de leur financement, et je me disais bien que votre mère pouvait difficilement tout prendre en charge. Et je me suis alors demandé qui...

— Est-ce vraiment important, à présent, Mr Burns ?

— Oui, du moins pour ce qui est de l'enquête. Et à ce sujet, je dois vous dire qu'il est désormais inutile de rechercher un de vos essais d'écriture automatique dans vos archives pour examen...

— Cela ne vous intéresse plus ?

— Si, plus que jamais ! Mais j'ai désormais ce qu'il me faut sous la main. Tenez, je vais vous montrer...

Sur quoi, il produisit le document manuscrit que lui avait confié l'inspecteur Lewis.

La jeune femme, comme amusée, le feuilleta. Puis il reprit :

— C'est bien votre écriture, n'est-ce pas ?

— Oui, naturellement. Et je reconnais également la couverture.

— Comment est-il arrivé entre les mains de sir Matthew ?

— Il était passé chez moi pour un tirage de cartes. Comme vous, il était intrigué par mes « écritures ». Il m'a demandé s'il pouvait me l'emprunter.

— Et vous ne nous avez rien dit ?

— Et bien non ! Et pourquoi l'aurais-je fait ? Ce n'était pas la première fois qu'il me faisait des emprunts...

— Je présume que vous l'avez lu, quand même ?

— Non. En général, je préfère prendre un peu de recul, dans ces cas-là. Comment dire ?... Parfois, plus de distance permet une meilleure compréhension du message. Et comme je l'avais écrit la veille ou l'avant-veille...

— Vous n'avez pas lu ce texte ? insista Owen.

— Non, désolé. Par la suite, j'y ai repensé, mais avec les événements qui ont suivi, c'était difficile. Et sir Matthew n'était pas revenu me rendre visite. Néanmoins, j'ai cru comprendre que le texte avait été égaré. Quelqu'un m'en a parlé, mais je ne sais plus qui...

— Peut-être Peter Corsham, qui était aussi venu vous consulter ?

— Oui, vous avez raison. Ce doit être lui…C'est la seule personne du clan Richards avec qui je me suis entretenue par la suite.

— J'ai du mal à vous croire, Mademoiselle.

— Les choses se sont pourtant déroulées ainsi…

— Je parle du fait que vous n'avez pas pris connaissance du fruit de votre écriture automatique.

— Est-ce si important que cela ?

— Vous ne poseriez pas la question si vous l'aviez lu.

— Alors ? ironisa-telle. Vous voyez bien… Cela étant, je peux réparer mon erreur tout de suite. Mais cela risque de prendre un peu de temps…

— Non, répliqua Owen en se réappropriant le manuscrit. Nous en reparlerons le moment venu.

L'esprit préoccupé par ce qu'il venait d'apprendre, Owen eut du mal à se concentrer lorsque Lethia lui proposa de choisir des cartes.

— Je vous sens tendu, Mr Burns…

« Il ne fallait pas être devin pour s'en rendre compte ! » songea-t-il avec amertume.

— … Aussi allons-nous réduire le tirage à une seule carte. Pour ce qui est du passé, vous pourriez m'accuser de tricher, dans la mesure où j'aurais pu aisément me renseigner sur vous, vous êtes quelqu'un de connu. Et de même pour le présent, on imagine sans peine les problèmes qui vous préoccupent. Donc un seul choix, concernant votre avenir. Je vous rappelle que vous êtes désormais la main du destin. Essayez de bien vous concentrer…

Après bien des hésitations, Owen tira une des cartes centrales de l'éventail que Lethia venait de former devant lui. Puis elle la retourna. C'était un cercle banal, grossier, comme tracé à la craie, sur fond de paroi rocheuse.

— Le cercle, murmura Lethia. Je ne vous cacherai pas que c'est un des meilleurs symboles qui soient, si ce n'est le meilleur...

— Et... que signifie-t-il ?

— Beaucoup de choses, mais essentiellement : le cercle de la vie, de la renaissance, du cycle infini de la gravitation des étoiles, des galaxies, et même de l'univers... Je vais être excessive, mais cela peut signifier que vous êtes éternel. Mais nul ne l'est, bien entendu. Dans votre cas, je pense que cela correspond à une grande notoriété, qui se développera même après votre passage terrestre.

— Hmm... Je ne sais pas si je dois vous croire, mais ça fait toujours plaisir à entendre...

— En tout cas, cela semble vous avoir mis en confiance. Ce qui va nous permettre d'aller plus loin. Si vous avez une question précise ?...

— Oui. Et vous la connaissez, mademoiselle. Ce que j'aimerais surtout savoir aujourd'hui, c'est qui se cache derrière le masque de la Dame Blanche...

Avec un sourire de Joconde, Lethia le dévisagea :

— Il me semble que vous en avez déjà une idée, non ?

— Peut-être, répondit Owen, tout aussi mystérieusement. Mais une preuve ou un indice ne seraient pas les malvenus...

Quelques instants plus tard, le détective avait choisi trois nouvelles cartes, alignées faces cachées sur le velours noir, qui formaient comme une sorte de barrière mystique entre la voyante et lui. Bien que sa raison repoussât cette idée, il sentait que l'instant était crucial.

— Mettons les choses bien au clair, Mr Burns, déclara-t-elle avec gravité. Ne vous attendez pas à des indices probants. Ce seront simplement des éléments marquants qui vont vous guider. En sortant d'ici, leurs images vont vous suivre et, que vous le vouliez ou non, elles vont diriger, orienter, inconsciemment ou non, votre enquête. Vous voulez toujours continuer ?

— Plus que jamais.

— Eh bien, allons-y. Je vous laisse découvrir la première carte de votre choix...

D'une main fébrile, Owen dévoila le dessin d'une hutte isolée dans une plaine, ou plus exactement un tipi indien.

— Hmm... réfléchit Lethia, les paupières plissées. C'est un peu le symbole du foyer, d'un refuge, d'un lieu intime en tout cas, et qu'il conviendrait peut-être d'adapter à notre époque. Je dirais donc une cabane, une maison, un hôtel, voire un immeuble. Passons à la suivante...

Sur la carte qu'Owen découvrit ensuite, figurait un cœur peint d'un rouge flamboyant.

— L'amour, la passion, naturellement, commenta Lethia. Mais notez que la carte est à l'envers. Ce qui signifie que le symbole, lui aussi, doit être considéré de la sorte, ou pris en mauvaise part si vous préférez. La haine, la jalousie, et peut-être des amours clandestines... J'ajouterai qu'à ce stade, il serait judicieux d'établir un lien entre ces deux cartes. Mais cela, vous seul pouvez le faire...

La troisième carte révéla un envol d'oiseaux dans un ciel lumineux.

— Beaucoup de plumes ! s'exclama Lethia. Des hirondelles, des corbeaux, on ne voit pas trop...

— Ou des corneilles, plaisanta Owen. Décidément, on n'en sort pas !

— Pour moi, ce message est moins net que les messages précédents. Je l'associerai avec prudence aux deux autres. D'autant que nous sommes influencés par ce que vous venez d'évoquer. Néanmoins, il ne faut pas le perdre de vue... il a forcément sa raison d'être. Je ne peux pas vous en dire plus.

Les yeux rivés sur les trois cartes, Owen déclara d'une voix trahissant sa légère émotion :

— Mon jeu s'est donc enrichi de quelques atouts...

— Indiscutablement. Mais à vous d'en faire bon usage.

20

UN NOM D'OISEAU

7 novembre

Un gai soleil illuminait Londres, ce matin-là. Transperçant l'air sec et vif, ses rayons semblaient attiser la fiévreuse activité humaine, lui transmettre énergie et bonne humeur. Mais ce n'était pas le cas pour le surintendant Frank Wedekind qui jouissait pourtant d'une belle vue sur la capitale ensoleillée, du haut de la fenêtre de son bureau, à Scotland Yard. L'objet de ses tourments se trouvait juste en-dessous, sous forme de gros bloc de fonte ajouré.

— Maudit radiateur ! tonna-t-il en malmenant le bouton de commande. Il n'en fait qu'à sa tête ! Il chauffe quand il ne doit pas, ou insuffle un froid sibérien quand on l'ouvre à fond. Et ça fait deux semaines que ça dure !

Owen Burns, installé face au bureau du policier, fit remarquer :

— Ne l'avez-vous pas signalé aux services concernés ?

– Bien sûr que si ! Je ne compte plus les ouvriers qui ont défilé ici. Mais il n'y en a pas un pour racheter l'autre. Et toujours la même rengaine « Voilà, ça devrait marcher ! Mais n'hésitez pas à nous rappeler si… etc, etc. » Une bande d'incapables, jeunes et arrogants, hélas ! de plus en plus nombreux dans ce pays. Bon, je vais ouvrir en grand la fenêtre, si nous ne voulons pas finir notre entretien dans une étuve…

Après avoir passé un revers de main sur son front luisant de sueur, il s'installa à son bureau en face du détective. Puis soupira :

— Vivement la retraite !

— Ce n'est pas encore pour demain, me semble-t-il.

— Non, mais j'y pense de plus en plus.

— Et alors, qu'allez-vous faire ? Y avez-vous songé ?

— Je sais surtout ce que je ne vais pas faire, Burns. Finie la chasse aux anarchistes, aux bolcheviques, aux escrocs, aux malfrats, aux voleurs et voyous de tout poil. J'ai donné, j'ai mouillé ma chemise, risqué ma vie, et j'ai compris que ça ne servait à rien. Vous en coffrez cinq et les juges en libèrent le double dans la foulée. À croire qu'il y a des liens étroits entre les hautes sphères et ces parasites. Et dans cette mêlée malsaine, au milieu, les pauvres diables qui se démènent en prenant des coups de tous les côtés en guise de merci…

— Allons, Wedekind ! Vous noircissez le tableau. Il y a quand même quelques assassins subtils qui vous ont apporté des satisfactions professionnelles…

— Oui, mais ça, ce sont les affaires auxquelles *vous*, vous avez participé. Nous, fonctionnaires de police, nous avons en plus la routine sinistre que je viens de vous énumérer.

— Et si nous revenions à l'affaire qui nous occupe ?

— Volontiers, fit Wedekind en lissant des deux mains sa chevelure hirsute. Alors qui commence ? Vous ? Vous avez aussi du neuf, d'après ce que j'ai compris…

Owen lui résuma la situation, détailla notamment ses dernières découvertes, puis ajouta :

— Et je viens d'avoir ce matin même des nouvelles de Lewis...

— Il se débrouille bien, le petit jeune, non ? fit Wedekind en allumant une cigarette.

— Sans aucun doute. Il est consciencieux, énergique, réfléchi et ne manque pas d'un certain doigté quand la situation l'exige. Je pense à cette plume de corneille, « mise à l'écart » temporairement. Cela a finalement poussé le coupable à la faute... Bref, ce matin, il m'a fait part du rapport d'autopsie qui venait de lui parvenir...

— Ah ? fit Wedekind, l'œil brillant. Laissez-moi deviner... Le vieux ne serait donc pas mort d'un arrêt cardiaque ?

— Si. Tout est conforme au premier diagnostic. Mais il y un détail, un infime détail qui donne à réfléchir...

— Quoi donc ?

— Quelque chose qui a été retrouvé sur les cheveux, et difficile à expliquer de manière naturelle. C'est infime, je vous le répète, mais les experts sont formels : sur les cheveux, à la hauteur du pariétal gauche, ils ont décelé quelques minuscules grains de poudre brûlée...

— Provoqués par une explosion ? Ou un coup de feu ?

— C'est ce qu'il semblerait. Mais lointain ou très atténué, si bien qu'on ne voit pas trop à quoi cela correspond. Quoi qu'il en soit, Lewis va de nouveau passer la zone au peigne fin. Mais je doute que cela puisse porter ses fruits dans un environnement extérieur.

— Certes. Mais cela ouvre quand même de nouvelles perspectives. Je pense à une explosion ou une lumière intense, commandée à distance par quelque ingénieux artifice.

— Un éclair fulgurant qui aurait mortellement aveuglé sir Matthew ? J'ai du mal à le concevoir. La thèse d'une explosion ou d'un coup de feu est plus crédible. Le problème, c'est que personne au manoir n'a entendu la moindre déflagration.

— Ce que vous semblez regretter ?

— Peut-être, réfléchit Owen. Car cela m'a fait penser à... mais peu importe. Et vous, qu'avez-vous de votre côté ?

Wedekind s'empara d'un dossier sur son bureau qu'il feuilleta d'un air faussement distrait.

— Rien de sensationnel, mais quand même... C'est au sujet de l'affaire Ziegler. Les choses ont finalement évolué plus vite que je ne le pensais. Dans la plupart des cas, nous avons pu clarifier les choses par simple élimination. Bref, nous avons acquis la certitude que les personnes incriminées ne pouvaient pas être cette fille ou ce fils vengeurs. Sauf deux d'entre elles. Pour la première, parce que c'est pratiquement invérifiable. Pour la seconde, je dirais que tout est possible, si l'on envisage ce que j'appellerais une double substitution. Autrement dit, une solution très rocambolesque. Mais là, le Yard seul ne pourra probablement rien faire. Seule une personne proche ou intime serait en mesure de démasquer l'imposteur... Vous voyez à qui je fais allusion ?

— Parfaitement. Mais pousser l'enquête dans cette direction serait dévoiler nos batteries.

— Sinon, il reste encore la possibilité d'un membre extérieur au groupe. Quelqu'un du village, par exemple...

Owen porta un doigt songeur à ses lèvres.

— J'y ai déjà pensé, moi aussi. Mais il faudrait connaître tout ce petit monde. J'en parlerai à Lewis. Il est de loin le mieux placé pour cette tâche. Cela dit, je suis assez heureux que vous ayez terminé votre enquête sur les enfants Ziegler. Enquête brillamment menée, comme de coutume, et je vous en félicite. Cela tombe d'autant mieux que j'ai un autre petit service à vous demander...

Avec un sourire matois, le surintendant se carra dans son siège et croisa les doigts :

— Je me disais bien que vous ne me jetiez pas des fleurs sans raison ! Je vous écoute...

— Avant cela, j'aimerais vous faire part de mon point de vue, qui s'est affiné depuis la découverte, ou plutôt la réapparition, du livre de chevet de sir Matthew, ces fameuses notes de Lethia dont je vous ai déjà parlé...

Durant le quart d'heure qui suivit, le détective parla sans être interrompu par son interlocuteur, qui ne se manifesta que par quelques hochements de tête approbateurs.

— Eh bien, fit enfin Wedekind, ça se précise... Je dirais même que vous avez progressé à pas de géant ! Quelle incroyable affaire, quoique évidente dans le fond !

— Le problème, c'est que je ne dispose d'aucune preuve pour le moment.

— Et c'est là que j'interviens ?

— Oui. Hier, j'ai eu comme une intuition...

— Une intuition ? Voilà qui est nouveau dans vos méthodes !

— Enfin disons que j'ai canalisé ma réflexion à partir d'une sorte de vision, qui s'est imposée à mon esprit à la suite de... peu importe. Je me suis dit que ces fameuses preuves, si tant est qu'elles existent, nous devions les rechercher en amont, c'est-à-dire dans le passé.

— Une enquête dans le passé, voilà qui promet !

— Un passé proche, rassurez-vous, que j'estime à quelques mois avant les événements principaux. Voilà mon idée...

Une nouvelle fois, Wedekind écouta en silence son compagnon pendant quelques instants, puis s'écria :

— Quoi ? Vous appelez ça un *petit* service ? Mais autant chercher une aiguille dans une botte de foin !

— Il doit y avoir une trace de cela, j'en suis sûr...

— Je n'en doute pas. Mais ce doivent être des noms d'emprunt, et il va falloir se munir de photos pour l'identification... Sinon, vous avez un autre indice ?

— Oui, éventuellement. L'établissement pourrait avoir un nom d'oiseau...

— Comme « L'Aigle » ? « Les Trois Colombes » ? « Au Martin-pêcheur », ou que sais-je encore ?...

— Par exemple, oui... Enfin ce n'est qu'une supposition. Et peut-être vaut-il mieux l'oublier... C'est trop incertain et cela ne pourrait que vous égarer...

— Il faudrait savoir ce que vous voulez, Burns ! Avez-vous seulement une idée de ce que cela représente ? Une idée du nombre d'hôtels dans la capitale ?

— Vous pourriez dans un premier temps vous limiter à l'axe principal, entre le point de départ et d'arrivée que nous supposons...

— Quand bien même ! Je ne dispose pas de suffisamment d'effectifs pour cela.

— Pourtant, j'en suis sûr, il doit y avoir une preuve quelque part. Et je pense à un détail, très hasardeux, certes, mais qui pourrait vous faire gagner du temps. Dans ces cas-là, les règlements se font en espèce, surtout par mesure de discrétion. Mais il est possible que cela ait pu se faire par chèque, occasionnellement, tout bêtement parce qu'on n'a pas assez d'argent sur soi. Bref, un examen des relevés bancaires à cette période pourrait être édifiant. Cela limiterait les recherches à très peu d'établissements. Il faudrait évidemment un sacré coup de chance...

— Je préfère ça, Burns. Je préfère nettement. La question pourrait être réglée en quarante-huit heures. Je vais m'en occuper. Mais j'y pense : que devient donc Mr Stock, le grand Achille, votre fidèle lieutenant ? Vous bouderait-il ?

— Non. Il est hélas très occupé pour le moment. Cependant, il m'a demandé de lui réserver une place pour le bal des explications finales...

— Imminent, si j'ai bien compris ? railla le surintendant.

Owen hocha la tête d'un air impénétrable.

— Oui, finit-il par lâcher. Surtout si vous m'apportez les preuves que j'attends.

21

LE TESTAMENT

8 novembre

Il régnait un silence de mort, le lendemain après-midi, dans le salon de *Buckworth Manor*. Lorsque la voix de l'horloge s'éleva, pour marquer le coup de 15 heures, on eût dit un glas funèbre. Toute la maisonnée était réunie au grand complet. Lethia Seagrave était également présente, ainsi qu'Owen Burns et l'inspecteur Lewis, qui semblaient monter la garde à ses côtés. Peu de regards se tournaient vers elle, mais lorsque c'était le cas, c'était toujours avec mépris. Le motif de cette réunion était double : des éclaircissements sur l'affaire de la Dame Blanche, et l'intervention du notaire, Maître Sloane, qui se faisait attendre.

Peu de temps après, on entendit le ronronnement d'un moteur, puis des crissements de pneus sur le gravier. Lorsque l'homme de loi se présenta, il s'excusa pour son léger retard, avec une aisance qui trahissait une longue pratique. Maître Sloane était un petit homme au visage fripé et doté de nombreux mentons. Par manie, ou pour mieux attirer l'attention, il préludait chacune des interventions orales par un éclaircissement de voix.

– Hmm… Bien, dit-il en prenant place à table, avant d'ouvrir sa mallette. Je tiens à vous préciser avant toute chose, qu'il ne m'a pas encore été possible d'établir une évaluation précise des biens du défunt. La moitié ou les trois quart correspondent à des placements boursiers, des bons du trésor et autres, dont la valeur rester à déterminer ; et des lingots et des bijoux, placés dans plusieurs coffres, auxquels nous n'avons pas encore eu accès. Je dirais à vue de nez que cela pourrait correspondre à deux ou trois fois la valeur de cette propriété, qui elle-même s'ajoute au lot. Sir Matthew, paix à son âme, a cependant eu la bonne idée de simplifier les choses, en répartissant l'ensemble sous forme de parts fractionnées. À quoi il faut déduire près d'un dixième – lui-même réparti en donations pour des œuvres caritatives, dont je vais vous donner lecture – mais dont l'essentiel revient à Miss Esther Adey, ici présente, pour, je le cite « ses bons et loyaux services, et marquer une vieille amitié complice, que les ans n'ont fait qu'embellir, et qui me fut bien précieuse au cours de ma longue existence. »

Les larmes montèrent aux yeux de la gouvernante, qui hocha doucement la tête, autant en guise d'approbation que de reconnaissance posthume.

Durant les dix minutes suivantes, Maître Sloane énuméra la longue liste des œuvres caritatives, sous des regards qui dissimulaient mal un sentiment d'impatience croissant.

» Pour le reste, conclut-il, c'est beaucoup plus simple. Sir Matthew a légué la moitié de sa fortune à son épouse, Mrs Vivian Richards née Marsh, et l'autre moitié répartie en parts égales entre ses enfants…

— Et c'est tout ? trancha Ann.

— Euh... oui.

— Alors bravo ! s'exclama-t-elle en applaudissant des deux mains. Vous avez gagné, Vivian, c'est un coup de maître ! Le moins qu'on puisse dire, c'est que ce mariage de quelques semaines vous a rapporté gros !

— Je vous en prie, Ann, répliqua la maîtresse de maison en haussant les épaules. Un peu de décence... Je suis sûre que Matt vous désapprouverait s'il était parmi nous.

— Tu ne dis rien, Peter ? reprit, Ann furieuse. Ni toi, Margot, ou vous, John ?

Puis un étrange sourire naquit sur ses lèvres, lorsque son regard s'arrêta sur Lethia.

— Ah !... Mais je vois là quelqu'un qui semble assez déçu également. Quelqu'un qui aura peut-être autant payé de sa personne que notre jeune veuve, mais sans obtenir quoi que ce soit en retour. C'est vraiment dommage que père ait oublié vos petites attentions, qu'il n'ait pas jugé bon de vous mentionner dans son nouveau testament...

— Je crains qu'il y ait une légère méprise, reprit le notaire après s'être raclé la gorge avec force.

— Comment cela ? s'offusqua Ann.

— Miss Seagrave y est bien mentionnée...

— Mais ne venez-vous pas de dire que...

— ... l'autre moitié était répartie entre ses enfants, oui. Mais il y en a trois. Vous-même, votre sœur Margot... et Lethia Seagrave.

Il y eut un moment de stupeur, durant lequel les regards allèrent de l'avocat à Miss Seagrave. Puis Ann reprit, avec une stridence hystérique :

— Et vous ne nous avez jamais rien dit ?

La voyante hocha doucement la tête :

— Non. Mon père me l'a expressément demandé. Pour des raisons que vous pouvez aisément comprendre, il tenait à ce que sa liaison avec ma mère reste secrète, ainsi que le fruit de leur passion, si je puis m'exprimer ainsi.

— Et vous nous avez laissé entendre que...

— Je ne vous ai rien laissé entendre du tout. J'ajoute que si quelqu'un fut lésé dans l'histoire, ce fut plutôt moi que vous, n'ayant pas bénéficié de l'enfance dorée qui fut la vôtre.

Après un instant d'hésitation, Ann reprit avec vigueur :

— Vous ne vous en tirerez pas comme ça ! Nous allons faire annuler ce testament...

— Hmm... Cela m'étonnerait beaucoup, Madame, intervint Maître Sloane. Ce testament a été rédigé dans les règles et en ma présence, et je puis certifier que feu sir Matthew bénéficiait de toute sa lucidité à cet instant. Cela étant, et avec votre permission, je vais me retirer. Nous aurons l'occasion de nous revoir prochainement pour plus de détails. (Puis, réunissant ses documents sur la table, il ajouta :) Ah ! J'oubliais... Il y a encore ceci pour vous, Miss Seagrave. C'est une lettre personnelle de votre père...

Sur quoi, il remit une enveloppe marron à la jeune femme avec un bref sourire embarrassé.

La stupeur régnait encore dans le salon, alors que l'homme de loi venait de se retirer. Owen Burns prit alors la parole :

— Je pense qu'il faudra encore quelques jours, pour certains d'entre vous, pour vous habituer à cette nouvelle situation, mais le mystère de la Dame Blanche demeure, avec son cortège d'ombres, que je vais tenter de dissiper partiellement avec vous.

— Mais ne sait-on pas qui c'est, maintenant ? glapit Ann. C'est cette créature du diable, qui a tout fait pour récupérer au plus vite sa part du gâteau !

— Ça ne peut être qu'elle, bien sûr ! renchérit Peter, faisant bloc avec sa femme. Ce testament en est l'ultime preuve, s'il en était encore besoin !

— Vos soupçons paraissent légitimes, dit Owen d'une voix lénifiante. Mais voyons cela de plus près, et commençons par l'une des principales énigmes de l'affaire, celle qui a vu la disparition de la Dame Blanche dans le petit bureau, alors qu'elle était talonnée par le défunt, il y a environ un mois et demi. Il s'agissait là apparemment d'un inexplicable prodige, mais la découverte récente du « livre de chevet » de sir Matthew, grâce à lady Richards, a été déterminante. Ce « livre de chevet » est en fait ce qu'on pourrait appeler une nouvelle, une histoire courte, qui a été écrite par Miss Seagrave. Un texte assez libre, plus ou moins inspiré, mais très révélateur. Je vais le résumer en quelques mots. Il est question de la Mort, de son mystère, de son incarnation sous forme de Dame Blanche, et de l'histoire spécifique de notre Dame Blanche locale. Son beau visage, ses mains blanches terrifiantes et le froid qu'elle dégage sont mis en évidence avec un talent évocateur indéniable. Ce texte, nous dit Miss Seagrave, a été écrit dans une sorte de transe, comme elle a coutume de le faire, et n'était destiné à personne, comme bien d'autres de ses textes du même genre. Mais voilà que son père le lui emprunte un beau jour...

» Ce qui est clair dans tout ça, c'est que si nous en avions eu l'information, si nous avions su que sir

Matthew l'avait lu avant de s'endormir ce soir-là, nous aurions immédiatement compris qu'il avait revécu cette histoire quelques heures plus tard sous forme de rêve ou de cauchemar. Un cauchemar hallucinant, si bouleversant pour lui qu'il l'a sincèrement cru être réel. Je rappelle que lui seul avait vu, ou cru voir, la Dame Blanche cette nuit-là. Tous les autres n'ont fait que le suivre dans le petit bureau où il s'était enfermé pour, croyait-il, piéger la Dame Blanche, qui n'a jamais existé que dans son imagination. Et s'il avait pu en douter par la suite, il se retrouvait alors trop engagé pour se rétracter. De peur d'être traité de vieux fou, il a peut-être même cherché à s'en convaincre lui-même, multipliant les détails sur la description du fantôme, de son visage, etc. De plus, la Dame Blanche aperçue par Ann et Peter trois mois auparavant, a dû le renforcer dans sa conviction. Bref, l'explication de cette énigme repose sur un simple cauchemar, qui a été le point de départ de toute cette affaire...

— Mais alors ! repartit Ann. C'est encore plus clair ! Sachant cela, Miss Seagrave avait beau jeu de donner une suite tangible à ce rêve, de multiplier ses interventions jusqu'à faire mourir père de peur...

— C'est indiscutablement ce qu'on pourrait croire à première vue. Mais il y a un premier problème. Miss Seagrave affirme n'avoir pas relu son texte...

— *Et vous la croyez ?* s'étrangla Ann.

— Que je la croie ou non, il est un fait que n'importe qui d'autre a pu prendre connaissance de ce texte, qui a bizarrement disparu pendant plusieurs semaines.

— On dirait que vous êtes de parti pris, Mr Burns ! scanda Ann avec véhémence.

— Et je suis obligée de l'admettre moi aussi, renchérit Vivian.

— Nullement, répondit calmement Owen. Et vous allez comprendre pourquoi. Car la suite donne à penser que quelqu'un a manœuvré pour mettre tout cela sur le dos de Miss Seagrave. Nous avions retrouvé par la suite, non loin de la chambre de sir Matthew, une plume de corneille, apparemment très compromettante pour elle. L'inspecteur Lewis et moi-même avions scrupuleusement gardé le secret. Mais voilà que quelques jours plus tard, on en parle au village. Alors je pose la question : qui d'autre que le coupable, voulant accabler Miss Seagrave, et sans doute exaspéré par notre silence, aurait pu répandre cette rumeur ?

» Et ce n'est pas tout. Mardi dernier – c'est-à-dire le jour du décès de sir Matthew –, Miss Seagrave a trouvé un message anonyme dans sa boîte aux lettres. On y avait inscrit, je cite : « Si vous voulez avoir des informations sur l'auteur de la plume, soyez aux abords du manoir ce soir à 19 heures précises ». Par auteur de la plume, je suppose qu'il faut entendre celui qui l'a placée sous la fenêtre de sir Matthew pour la compromettre. Ce qui signifie déjà en soi qu'elle n'est pas coupable...

— C'est complètement ridicule ! intervint Vivian. Elle a écrit cette lettre elle-même pour vous berner, c'est évident !

— Je dirais même que ça tombe sous le sens, approuva Ann.

— Poursuivons, fit Owen, imperturbable. Miss Seagrave n'est, et de loin pas, aussi naïve que le pensent certains. Elle flaire un piège. Elle se rend bien au lieu du rendez-vous... mais en anticipant d'une bonne heure. Il est environ 17 h 45, et il fait déjà nuit. Elle distingue une ombre furtive dans le parc, qu'elle ne reconnaît malheureusement pas. Mais elle sent instinctivement que quelque chose se trame. Elle rebrousse chemin sans tarder…

Après un silence, Ann revint à la charge

— Vous savez quoi, Mr Burns ? J'ai peur que votre réputation soit quelque peu surfaite…

— Et pourquoi donc ?

Comme amusée, elle leva les bras au ciel.

— Et il dit ça avec une telle candeur !… (Puis en martelant ses mots, les yeux brillant de fureur :) *Mais parce qu'elle vous raconte n'importe quoi et que vous la croyez !*

— Il n'y a pas que moi, chère madame. Il y a aussi l'inspecteur Lewis, qui a personnellement recueilli le témoignage des Nicholls, une famille du village que vous connaissez sans doute, soit respectivement Patrick Nicholls, sa femme, les parents de celle-ci, leurs deux fils aînés et leur fille. Et toutes ces personnes confirment que Miss Seagrave est venue leur rendre visite, ce soir-là, dès 17 h 55, et qu'elle y est restée plus de deux heures, sans les quitter une seule seconde. Il est donc formellement prouvé que Miss Seagrave, votre demi-sœur je le rappelle, n'a pu tuer votre père ce soir-là, puisqu'il était encore bien vivant à 18 heures. Par conséquent, l'assassin est à chercher ailleurs…

22

LA TOMBE DE SIR MATTHEW

10 novembre

Lorsque les premières pelletées de terre tombèrent sur la bière, Lethia ne put contenir ses larmes. Elle avait tenu le choc pendant l'éloge funèbre du pasteur. Le portrait qu'il avait brossé de son père était quelque peu excessif, et à tous égards. Elle, et sa maman au travers d'elle, étaient bien placées pour le savoir. Mais cette mise en terre avait quelque chose de tragiquement définitif. Le seul lien affectif qu'elle avait ici, au village, et même ailleurs, venait d'être rompu. Et si son père n'était pas parfait, il l'aimait beaucoup plus qu'elle ne le pensait. Sa lettre posthume l'avait clairement mise en lumière, avec des mots simples mais profondément bouleversants...

Tandis que son cercueil venait de disparaître sous les pelletées de terre, elle crut y voir son visage... Elle se raidit, puis se détourna. Elle était seule à présent, toute seule, et entourée de personnes hostiles.

Se réconcilierait-elle un jour avec Margot ? Ce n'était pas impossible. Lethia avait deviné que derrière son masque d'impassibilité il y avait un peu d'émotion, lorsqu'elle avait appris qu'elle était sa demi-sœur. Mais concernant Ann, les hostilités semblaient définitives. Ainsi que pour Vivian. Quoique concernant cette dernière, cela ne la touchait nullement. Ses yeux de panthère noire furieuse n'avaient aucun effet sur elle. Peter était à classer dans la même catégorie. Depuis la lecture du testament, il ne l'avait jamais regardée autrement qu'avec mépris. Esther était restée impassible comme à son ordinaire, mais elle était quand même venue lui présenter ses condoléances, tout comme John Peel. Lui, il avait même esquissé un sourire compatissant. C'était un brave garçon, durement éprouvé par la vie lui aussi. Jamais un mot ou un regard de travers à son endroit. L'inspecteur Lewis était également venu la saluer. Elle n'avait pas oublié sa duplicité lors de ses interrogatoires, notamment lorsqu'il était venu récupérer une plume de sa corneille. Mais il ne faisait alors que son travail. Et à présent, il semblait sincèrement soulagé qu'elle fût lavée de tout soupçon. Malgré leur différence d'âge, elle le considérait comme un vieil ami, du moins naguère, mais il n'était pas exclu qu'il le redevienne.

Elle jeta un coup d'œil discret sur l'assemblée, qui se dispersait peu à peu. Elle n'avait pas aperçu le détective Owen Burns. Bien que sa présence ne s'imposât pas, elle éprouva une légère déception. De fait, elle ne savait trop ce qu'elle éprouvait pour lui. Parfois, il l'agaçait, avec son ironie mordante – bien qu'elle prît plaisir à leurs joutes feutrées –, d'autres fois, il faisait montre d'une profonde sensibilité. Elle se sourit à elle-même, puis haussa les épaules.

Foulant l'herbe humide du cimetière, elle obliqua vers la sortie et prit la direction de son domicile. Arrivée chez elle, elle fut chaleureusement accueillie pas ses petits compagnons. Enfin chacun à sa manière. Vivement par son chien – un vieux beagle au regard dolent –, très démonstratif comme de coutume ; plus langoureusement par ses trois chats, qui se lovaient autour de ses mollets ; et assez discrètement par son lapin. Quant à sa corneille, ce fut son habituel double cri. Après avoir avivé le feu dans la cheminée, elle se jeta dans son fauteuil, se sentant soudain très lasse. Sur un rayonnage à portée de main, elle avisa la lettre de son père. Elle l'avait relue plusieurs fois, et avait à chaque fois été à deux doigts de la jeter, comme pour rompre définitivement avec le passé, avec ces souvenirs désormais très douloureux. Elle s'en empara une nouvelle fois. Ses yeux s'embuèrent au fur et à mesure de la lecture. Puis elle sentit rouler de chaudes larmes sur ses joues. Lorsqu'elle eut terminé, elle chiffonna vivement la feuille de papier et la jeta au feu. Puis elle se recroquevilla sur elle-même, secouée de sanglots. Et elle pleura ainsi un long moment.

Peu habituée à la voir dans cet état, ses compagnons à fourrure se placèrent en demi-cercle devant elle, immobiles et silencieux. La compassion du beagle transparaissait de manière évidente dans ses yeux expressifs. C'était un peu moins net pour les chats, bien connus pour leurs regards mystérieux et impénétrables. Mais paradoxalement, dans leur cas, une vue de dos peut être plus révélatrice, lorsqu'ils sont assis sur leur arrière-train, en forme de grosse boule qui s'allonge et se rétrécit jusqu'au cou, supportant leur petite tête ronde aux oreilles bien dressées. L'observateur attentif peut alors aisément deviner leurs pensées, s'ils guettent une proie, s'ils sont simplement curieux, ou sous l'effet d'un sentiment plus profond. La corneille est évidemment plus difficile à percer à jour. Seuls ses yeux noirs brillants pourraient éventuellement traduire une quelconque émotion. En tout cas, à cet instant, ils étaient résolument tournés vers leur maîtresse, qui continuait de pleurer à chaudes larmes.

À Londres, dans son appartement, Owen Burns était installé près du feu, plongé dans la lecture d'un traité de criminologie. À côté de lui, étalés sur la moquette, il y en avait une demi-douzaine, qu'il avait parcourus, en vain. Feuilletant les pages, il maugréait à part lui. Il était pourtant certain que l'article qu'il recherchait se trouvait là.
La sonnerie du téléphone le figea dans sa pose, puis il se leva et gagna le vestibule pour décrocher.
— Wedekind, dit-il après quelques secondes. Quelle bonne surprise ! J'ignorais que vous travailliez si tard le dimanche soir…
— D'habitude non, mais pour vous, si ! grésilla la voix de son interlocuteur.
— J'aime vous entendre parler ainsi, Wedekind, commenta le détective. Mais j'imagine que ce n'est pas pour vous répandre en gentillesses que vous…
— Non. Quoique ce que j'ai à vous dire va vous faire plaisir quand-même. Ouvrez bien vos oreilles…
Tenant fermement le combiné, Owen resta silencieux un long moment, tandis que son visage s'éclairait progressivement. Puis il bredouilla :
— Vous… vous en êtes sûr ? Vraiment sûr ?
Tout ce qu'il y a de plus sûr. Nous avons trois témoins, dont deux qui sont absolument formels. Mais permettez-moi quand même de vous féliciter : vous avez tapé dans le mille, avec votre intuition !
— Intuition, si l'on veut, grommela Owen. Il était assez logique de penser que c'est dans un hôtel que…

Au fait, où se trouve-t-il ? Dans la zone que je vous avais indiquée ? Oui ? Alors vous voyez bien que...

— Je parlais surtout du nom, Burns, du nom de l'hôtel. Ce n'était pas un nom d'oiseau, comme vous le supposiez, mais c'était assez proche quand même. Je vous laisse juge, écoutez...

Lorsque Owen eut raccroché, il resta quelques instants immobile, la main toujours posée sur le combiné. Dans sa cervelle en déroute, d'étranges questions dansaient leur sarabande effrénée. Il avait jusqu'ici réussi à se convaincre que seules ses étonnantes facultés de déduction avaient percé le mystère, mais là...

Il s'ébroua, puis décrocha une nouvelle fois. Après avoir obtenu l'interurbain, il demanda à l'opératrice un numéro dans les Costwolds. Peu de temps après, il entendit une voix familière.

— Achille, mon cher ami, comment allez-vous ?... Bien ? J'en suis fort aise... J'espère que vous pourrez vous libérer vingt-quatre heures dans les jours à venir... Pourquoi ?... Mais pour le dernier acte, bien sûr !... Oui, oui... L'affaire de la Dame Blanche est définitivement résolue !

23

OU L'ON REPARLE DE LA VALISE

Le récit d'Achille Stock (suite)

12 novembre

La chose qui m'intrigua le plus, ce fut la valise rapportée par Owen Burns. Il m'avait mis au courant des dernières évolutions de l'enquête, mais avait obstinément refusé de me révéler le contenu de cette valise. Un grand modèle, de plus d'un mètre de longueur, en cuir de buffle, bien entretenu. Ce qui était plus étrange encore, c'est qu'elle ne semblait pas peser plus lourd que son propre poids. En la secouant, on sentait certes la présence d'objets. Mais sans doute dérisoires, en tout cas aussi légers que du papier ou des plumes.

Si cet après-midi-là était assez morose, l'ambiance qui régnait alors dans le salon de *Buckworth Manor* était, quant à elle, résolument lugubre. Le clan Richards ressemblait à une cohorte d'ombres, à la fois hostiles et inquiètes. Miss Lethia Seagrave également, mais dans une moindre mesure. Face à eux, pas moins de quatre représentants de l'ordre. L'inspecteur Lewis, Owen Burns, moi-même et surtout le surintendant Wedekind, assez inquiétant quand il affichait sa mine sombre et professionnelle, avec ses moustaches à la gauloise, qui lui conféraient des allures de brute primitive.

Au terme d'un silence pesant, Owen prit la parole.

— J'ai quelque chose à vous demander en tout premier lieu, Mesdames et Messieurs. Savez-vous s'il y a des armes à feu dans cette demeure ?

Les interpellés échangèrent des regards surpris, puis, après concertation, ils s'accordèrent sur le fait que le défunt possédait deux fusils de chasse et deux armes de poing.

— Laissons de côté les fusils, fit Owen. Ils sont trop encombrants. Pour les deux autres armes, savez-vous où elles se trouvent ?

Là aussi, il n'y eut guère de débat. Ann, Margot et Esther furent unanimes : elles se trouvaient dans son bureau ; l'une dans un tiroir et l'autre sur le haut d'une étagère.

— Très bien, mesdames. Je vous serais reconnaissant d'aller toutes trois les chercher. Ou au moins deux d'entre vous.

Après un haussement d'épaules, Ann et Margot quittèrent la pièce. Lorsqu'elles réapparurent, après cinq bonnes minutes, Margot, brandissant un revolver, déclara :

— Nous n'avons retrouvé que celle-ci. On dirait que l'autre... a disparu.

— Était-ce également un revolver, comme celui-ci ?

— Non. C'était un pistolet automatique, noir, et moins volumineux que celui-là. Je ne saurais vous dire la marque. Mais c'est quand même bizarre qu'il ait disparu...

— Bizarre ou pas, fit Ann, je ne vois pas trop le rapport, Mr Burns. Vous pourriez nous expliquer ?

Tout en faisant tourner à vide le barillet du revolver, Owen répondit :

— Volontiers. Il est vrai que personne n'a été blessé par balle, comme on le sait. Mais nous avons découvert quelques minuscules résidus de poudre sur les cheveux de votre père. Nous avons passé au crible la zone près de l'arbre où on l'a retrouvé, mais en vain, je dois l'admettre. Si vous aviez pu me produire les deux armes, j'aurais peut-être été enclin à rejeter mon hypothèse. Mais avec ce pistolet manquant... Cela étant, je comprends le calcul de l'assassin : nettoyer soigneusement son arme après usage – une arme censée ne pas avoir servi depuis des lustres –, cela aurait paru singulièrement suspect. Il valait donc mieux la faire disparaître. Et nous ne nous amuserons même pas à la rechercher : son absence est la meilleure des preuves de son utilisation. Quant à celle que je tiens entre mes mains, il est clair qu'elle n'a plus servi depuis belle lurette. Qu'en pensez-vous, Wedekind ?

Le surintendant s'empara de l'arme que lui tendait Owen et l'examina en connaisseur :

— Belle arme... Un Webley Mark 1... Presque une pièce de collection. Aucune odeur de poudre, pas de nettoyage récent.... Je vous le confirme, pas d'usage récent.

— Je ne comprends rien à ce que vous nous racontez, Messieurs, fit Ann, agacée en diable.

— Nous y reviendrons, répondit Owen. Et les choses vous paraîtront alors beaucoup plus claires, je vous rassure. Revenons à notre Dame Blanche, dont nous savons à présent qu'elle n'est pas Miss Seagrave. Et cela change tout, et à bien des égards. Cela signifie surtout qu'elle se cache probablement sous ce toit, et donc qu'elle se trouve parmi nous en cet instant. Avant de développer ce point, il me faut vous dire que nous avons aussi, et assez sérieusement, envisagé l'hypothèse d'une vengeance, celle d'un des enfants Ziegler – un vieil ennemi de sir Matthew – qui se serait en catimini glissé ici comme un loup dans la bergerie...

— Et qui serait parmi nous ? s'étonna Vivian. Ou l'un d'entre nous ? C'est bien cela que nous devons comprendre ?

— Oui, d'autant que les âges correspondaient globalement. Mais je vous mets à l'aise, tout le monde a été blanchi. Enfin presque. Il reste juste deux suspects éventuels, quoique très peu probables, il faut bien le dire.

— Qui cela ? s'enquit vivement Vivian.

— Mais vous, Madame. Votre parcours personnel est si sinueux qu'il échappe à tout contrôle.

— Je serais donc cette fille Ziegler ! Je ne la connais même pas... Que faisait-elle ?

— Aux dernières nouvelles, elle se prostituait dans le port de Hambourg. Mais votre ressemblance avec elle s'arrête à votre âge. Et nous pensons par ailleurs que feu votre mari vous aurait probablement reconnue dans cette hypothèse...

— Trop aimable à vous, Mr Burns. Et qui serait l'autre, alors ?

Owen tourna un regard éloquent vers John Peel.

— Moi, s'écria l'intéressé, aussi amusé que surpris.

— Oui, vous, major. Et l'on pourrait presque parler de double substitution. Le fils Ziegler, qui avait disparu dans un naufrage à l'époque concernée, aurait très bien pu se faire passer pour l'homme ayant miraculeusement échappé aux rebelles afghans, avant d'endosser l'identité du major John Peel...

— Mais c'est grotesque, rocambolesque !

— Et vous ne pensez pas que je m'en serais rendue compte ? persifla Margot.

— Bien sûr. Mais nous tenions à ne négliger aucune piste, et convenez-en, l'étonnante histoire de votre mari avait de quoi susciter quelques soupçons. Cela étant dit, nous pouvons poursuivre sur des bases plus saines. La piste de la vengeance ayant été écartée, il reste celle de la course à l'héritage. Nous avons vu la dernière fois que le point de départ de toute cette histoire était le cauchemar de sir Matthew, nous n'y reviendrons donc pas, sauf pour dire que l'assassin avait dès lors établi sa stratégie : effrayer sir Matthew, par étapes progressives, sous forme d'interventions de la Dame Blanche, afin de l'affaiblir jusqu'à pouvoir aisément lui porter le coup fatal, en le faisant littéralement mourir de peur.

» Qui est cet assassin ? Et quel est son éventuel complice ? Car il apparaît assez clairement qu'il n'a pu opérer tout seul dans certaines circonstances. Nous allons tenter d'y répondre en reprenant les faits dans leur ordre chronologique, et en essayant de dégager les meilleurs candidats, si l'on peut dire…

» Concernant l'épisode du cauchemar de sir Matthew, il est clair que l'assassin savait à quoi s'en tenir, qu'il a donc lu lui aussi le court récit de Miss Seagrave, avant de le faire disparaître provisoirement.

» Vient ensuite la mort du petit Harry à l'étang. Selon moi, cet événement, le seul qui ne se soit pas déroulé dans cette propriété, avait pour but de renforcer la légende de la Dame Blanche, de souligner son pouvoir mortel – toujours comme le récit de Miss Seagrave –, et surtout pour effrayer sir Matthew, comme si la mort était sur le point de venir le chercher.

» À ce sujet, lady Richards, maintenez-vous votre histoire de rendez-vous fixé par le très improbable Moog ?

— Heu… oui, fit Vivian, comme prise au dépourvu.

— Eh bien je pense que vous mentez. D'abord, parce que nous n'avons retrouvé nulle trace de cet Andrew Moog. Ensuite, parce que j'ai tout lieu de croire que le message que vous avez reçu devait être beaucoup plus compromettant pour vous. D'un autre côté, on peut se demander pourquoi, au cas où vous auriez joué le rôle de la Dame Blanche ce soir-là, vous vous seriez montrée à l'auberge…

Vivian eut un sourire forcé :

— Merci d'intercéder en ma faveur, Mr Burns.

— Vous avez gagné un point. Gardez-le précieusement, car vous risquez d'en perdre plusieurs très bientôt.

» Le drame survenu à l'étang est sans conteste l'épisode le plus hallucinant de tous. Il ne s'agit de rien moins que la Mort venant chercher une de ses victimes à la suite d'un empoisonnement accidentel. Mais sortie de son contexte particulier – contexte auquel moi-même je fus sensible un certain temps –, cette histoire ne résiste pas longtemps à une analyse rigoureuse. Même en tenant compte du témoignage des deux amis de Harry. Que celui-ci tombe raide mort lorsque la main blanche de l'apparition le touche est proprement inconcevable. Mais ce qui m'a le plus surpris, par son aspect improbable, c'est le fait qu'il se mette à brouter de l'herbe comme une vache, ou plus exactement à mâcher des rameaux de ciguë. Et cela, à la suite d'un défi, qu'il a d'ailleurs habilement provoqué lui-même. Bref, notre petit Harry a été complice de cette mise en scène, présentée à ses yeux comme une farce destinée à berner ses deux amis. Il ignorait bien sûr son issue fatale. Avec la « Dame Blanche », cette « farce » a été mise au point sans doute l'après-midi même, après qu'il eut découvert le renard pris au piège. Tout s'est donc déroulé comme nous le savons, jusqu'au moment où Jack et Billy s'éloignent, effrayés. Notre « Dame Blanche » revient aussitôt, pour « soigner » Harry comme prévu. Bien qu'il ait recraché des brins de ciguë, il ne faut pas prendre de risque et boire l'antidote approprié, quand bien même il serait très désagréable. Enfin c'est ce qu'elle lui explique. Mais ce qu'elle lui fait boire alors en soutenant de sa main délicate et protectrice la nuque du jeune Harry, ce n'était nullement un antidote. Mais au contraire un concentré de ciguë de sa fabrication, avec peut-être aussi quelques petits fruits typiques de cette plante, broyés, afin qu'on les retrouve dans son estomac. Je l'imagine même ajoutant d'une voix enchanteresse : « Cela va être douloureux quelques instants, mais c'est nécessaire... Et surtout ne bouge pas... Reste bien allongé... »

» Et environ une demi-heure plus tard, Harry sera retrouvé mort empoisonné, conformément aux circonstances décrites par Jack et Billy. Un meurtre machiavélique, certes, mais remarquable d'un point de vue artistique...

Un vent glacial parut balayer la petite assemblée. Puis Vivian s'écria :

— Oui, c'est parfaitement odieux ! Je n'aurais jamais pu faire ça !

— Voyons la suite, reprit Owen sans autre commentaire. Cela remonte à un mois, presque jour pour jour. Cette nuit-là, notre Dame Blanche a semé la panique dans la maison. Elle a commencé par se manifester dans la chambre de sir Matthew, avec lequel vous vous trouviez comme par hasard, lady Richards. Votre mari la voit à peine, et vous vous empressez de l'éblouir avec votre lampe de chevet, sous prétexte de le protéger du « monstre femelle », mais vous, vous la voyez nettement, y compris son visage, que vous avez décrit par ailleurs avec un étonnant luxe de détails. Étant donné que j'ai envisagé une complicité cette nuit-là, je me suis demandé si cette apparition n'était pas justement votre complice, simplement revêtu d'un drap ou autre vêtement approprié. Et comme par hasard, la lampe tombe et plus de lumière. Ensuite, vous attendez un temps étonnamment long pour vous mettre à crier. Je pense que ce temps a été mis à profit pour que votre complice puisse se débarrasser de son accoutrement et regagner son lit en toute discrétion, et faire semblant de se réveiller en sursaut à ce moment-là. Les plombs sautent un peu plus tard. Ce qui est facile à provoquer à partir de n'importe quelle prise de courant, comme je l'ai déjà expliqué. Dans la panique qui suit, vous en profitez pour retourner chez votre mari, mal en point dans sa chambre, pour l'effrayer une seconde fois, ou même avec l'espoir de le terrasser définitivement. Dans la pénombre, il vous a été aisé d'enfiler un masque et de retirer votre robe de chambre pour apparaître en chemise de nuit. Cela vous a été d'autant plus aisé que vous étiez censée, d'après les divers témoignages, inspecter le grenier en compagnie de Peter. Ce même Peter, qui a confirmé que vous étiez derrière lui, tandis qu'il descendait l'escalier au moment où le major a aperçu la « Dame Blanche » dans le couloir à hauteur du palier. Cette « Dame Blanche », c'était évidemment vous, qui avez alors filé au rez-de-chaussée pour semer vos poursuivants. La lumière est alors rétablie et, en constatant que la porte d'entrée était ouverte – elle l'était bien avant, en fait – on en a déduit que la « Dame Blanche » s'était enfuie à l'extérieur, comme si elle venait du village, et en somme pour renforcer les soupçons pesant sur Miss Seagrave. J'ajoute enfin que, dans cette hypothèse, votre complice est évidemment Peter Corsham...

— Comment ? s'offusqua Ann, les joues rosies de colère. Vous accusez mon mari d'avoir...

Owen eut un geste d'appel au calme

— Comme je vous l'ai dit, ce n'est qu'une hypothèse. D'autres combinaisons pourraient être envisagées, avec d'autres acteurs. Mais ce qui ressort de tout cela, c'est qu'un complice a été nécessaire. Néanmoins, lady Richards, votre description très précise de la Dame Blanche m'incite au soupçon, et je vous retire le point que je vous ai donné avant. Quant à vous, Mr Corsham, vous en perdez un pour le moment. Passons à l'acte suivant.

» Moins de deux semaines plus tard, nos complices repassent à l'action. Cette fois-ci, c'est pour porter l'estocade finale. La mise en scène est moins complexe que la précédente, mais néanmoins soignée. La fenêtre est ouverte en grand pour faire pénétrer le froid, une bougie est allumée pour apporter l'éclairage souhaité, draps et couvertures sont délicatement retirés. Et enfin, la veste de pyjama de sir Matthew endormi est précautionneusement déboutonnée, afin que son torse soit bien dégagé, pour la petite expérience qui va suivre. De son côté, la Dame Blanche a dû faire quelque sacrifice pour mettre ses mains à bonne température, c'est-à-dire glaciale. Peut-être simplement en les exposant au froid de la nuit, sans gant, ou en les plongeant un certain temps dans de l'eau froide. Ce qui, dans les deux cas, n'a pas dû être agréable, j'en conviens. Mais le jeu en valait largement la chandelle. Puis elle enfile son masque, sans doute un joli masque de type vénitien, mais désormais synonyme de peur. Et l'on imagine alors ce que ressent sir Matthew devant une telle apparition, lorsqu'il est réveillé par le froid ambiant ; et la terrible secousse qui le traverse lorsque cette créature de cauchemar applique soudainement ses deux mains glacées sur son torse. Les deux complices pensent avoir enfin réussi leur coup, mais ils laissent la fenêtre grande ouverte pour plus de sûreté. Et peut-être aussi pour indiquer le chemin emprunté par l'intruse, avec le détail de la plume de corneille que l'on sait. Et à partir de là, une question se pose : qui parmi vous a eu l'occasion de se la procurer ?

Après que l'assemblée eut échangé quelques regards soupçonneux, Owen reprit :

— D'après mes informations personnelles, seul Peter Corsham avait rendu visite à Miss Seagrave pour un tirage de cartes.

Avec un air faussement contrit, il ajouta :

— Désolé, Mr Corsham, mais vous venez encore de perdre un point. Ce qui fait moins deux si mes calculs sont exacts.

» Malheureusement, ou heureusement, c'est selon les points de vue, sir Matthew se remet de cette attaque, qui aurait dû être la dernière. Il va falloir désormais frapper à coup sûr. Et de la même manière impliquer définitivement Miss Seagrave, avec ce rendez-vous, sous forme de message, sur les lieux du drame, qui a du reste raté, comme je vous l'ai expliqué la dernière fois. Donc trouver une ruse qui portera le coup de grâce, quitte à changer de méthode, vu que la simple frayeur du masque blanc n'a pas été suffisante jusqu'ici. J'ai retrouvé les traces de ce procédé dans les annales du crime. Mais peut-être que les coupables l'ont inventé d'eux-mêmes... Peu importe. Voici le principe, et en fait comment cela a pu se dérouler en temps réel. Lors de sa promenade dans le parc, sir Matthew est assailli par un inconnu cagoulé, qui le menace de son arme. Ce dernier l'attache à un arbre, les mains dans le dos, avec une écharpe ou une autre pièce de tissu épais pour laisser le moins de marques possibles. Il le bâillonne également. Car il va le laisser seul quelques instants, et il ne faut pas qu'il puisse donner l'alerte. Lorsqu'il revient vers lui, il lui montrera un revolver...

Owen s'interrompit pour s'emparer de l'arme retrouvée dans le bureau du défunt.

— Celui-là même, bien sûr, dit-il en faisant tourner le barillet, et en pressant sur la détente chaque fois qu'il s'immobilisait. Peut-être lui parle-t-il de la Dame Blanche, de son arrivée imminente. Quoi qu'il en soit, il lui fait comprendre qu'il va jouer avec lui à la roulette russe. Le canon est pressé contre sa tempe, et à intervalle régulier, sir Matthew entend à chaque fois un déclic terrifiant résonner dans son crâne. Jusqu'au moment où une déflagration formidable retentit. Celle-ci n'a pas été provoquée avec le revolver, qui n'était pas chargé, mais avec le pistolet, celui qui a si opportunément disparu. Et c'est cette arme, orientée différemment, mais quand même proche de la tête du malheureux, qui a laissé ces résidus de poudre sur les cheveux. Il y a déjà là de quoi faire défaillir un homme en bonne santé. Pour un sir Matthew très éprouvé par ses alertes cardiaques, c'était évidemment fatal...

— Complètement grotesque ! s'écria Vivian. Vous sombrez en plein délire ! Je vous rappelle que personne, absolument personne, n'a entendu la terrible déflagration que vous avez décrite.

Se tournant vers John Peel, Owen demanda :

— Qu'en pensez-vous, major, j'entends d'un point de vue technique ?

— C'est évident. Le cœur de mon beau-père n'y aurait pas résisté... Quant au reste, je vous confirme que nous n'avons rien entendu de tel. Et j'ai l'ouïe fine...

— Eh bien nous allons revoir les divers déplacements de chacun pendant cette soirée.

Il sortit un calepin de sa poche, le feuilleta et lut :

— 18 heures. Vivian, Ann, Margot, John et sir Matthew sont au salon, donc ici-même. Sir Matthew sort faire sa promenade, et John va dans la salle de billard.

» 18 heures 15. Peter rejoint John dans la salle de billard. Ann quitte le salon, et est remplacée par Esther.

» 18 h 30. Ann est de retour au salon, ainsi que John et Peter. Vivian s'inquiète de l'absence de son mari. Une querelle assez vive éclate entre Vivian et Peter, lequel finit par se retirer, apparemment très contrarié. Il est alors 18 h 40 ou un peu moins. Peu après 18 h 45, c'est au tour de Vivian de quitter la pièce, très contrariée elle aussi, afin de partir à la recherche de son mari. Au passage, elle claque violemment les portes derrière elle, dont notamment celle de l'entrée principale, qui, selon l'avis général, fait trembler les murs. Dehors, elle aperçoit immédiatement la Dame

Blanche – cela devient une habitude, décidément ! – puis elle retourne prévenir les autres. Il s'ensuit des recherches assez confuses, au cours desquelles Peter rejoint le groupe, puis le cadavre est découvert vers 19 heures.

Owen ferma sèchement son calepin, puis hocha la tête.

— Ce qui ressort de tout ceci, c'est que Margot est la seule personne véritablement hors de cause. Elle n'a quitté le salon à aucun moment. Ann, Esther, John et Peter ont chacun disposé d'un petit quart d'heure. Ce qui leur aurait laissé le temps de surprendre et de menacer sir Matthew, l'attacher à l'arbre comme nous l'avons envisagé. À vrai dire, je vois beaucoup mieux un homme dans ce rôle. Passons au coup de feu. Et là, au moins, les choses ont le mérite d'être claires : il n'y a qu'un seul bruit qui a pu couvrir celui de l'arme à feu, c'est celui qui a fait « trembler les murs », lorsque Vivian a claqué la porte d'entrée. Je m'en remets encore à votre jugement, major, et à votre expérience : qu'en pensez-vous ?

John Peel parut embarrassé :

— Possible, bien sûr. Mais il aurait fallu pour cela que ces bruits coïncident à la perfection...

Owen hocha la tête avec un sourire entendu, puis se dirigea lentement vers Peter Corsham. Lui faisant face, il déclara :

— La seule personne à l'extérieur, à ce moment-là, c'était vous. Dès votre sortie, vous êtes allé rejoindre votre future victime, toujours bâillonnée et attachée à l'arbre. Vous avez alors commencé votre petite séance de jeu à la roulette, tout en guettant la porte d'entrée. La lumière se fait dans le hall. C'est le signal... La porte s'ouvre sur votre complice... C'est le moment.

Vous faites feu avec l'arme chargée... Puis vous retirez les attaches de votre victime et allez vous mêler discrètement aux autres.

— C'est absurde, bredouilla Peter. N'importe quel complice extérieur aurait pu tenir ce rôle...

— Vous reconnaissez donc l'astuce de la porte claquée ?

— Non, je ne reconnais rien du tout. Tout cela n'est que pure hypothèse !

— Avec ce pistolet qui a disparu ? Bon, je veux bien. Mais je suis obligé de vous retirer un point supplémentaire, et à lady Richards aussi. Et ça commence à peser lourd dans la balance...

S'adressant à l'assemblée, muette et pétrifiée, il demanda :

— Non, vous ne trouvez pas ?

Il pivota théâtralement sur lui-même, croisa les mains dans le dos, puis dit :

— Eh bien dans ce cas, poursuivons. Il n'y a plus d'acte suivant, mais en réalité, nous en avons sauté un. Le premier, celui de la première intervention de la Dame Blanche au manoir, à la mi-juin. En vérité, je l'ai fait exprès, pour ménager Mr Corsham, car il aurait perdu deux points d'entrée de jeu, ce qui n'aurait pas été très élégant de ma part. Je dois dire que cet épisode nous a posé un gros problème de chronologie, et a grandement perturbé mon raisonnement, dans la mesure où la Dame Blanche se serait manifestée bien plus tôt, avant même l'arrivé de Vivian dans cette demeure, en tant que secrétaire. Mais c'est tout à l'honneur de Mr Corsham, qui a réussi là un coup de maître, ce qui me donne presque envie de lui réattribuer quelques points, autant par respect que par admiration. Faisons un bref rappel des faits. Sorti tard pour fumer une cigarette, Mr Corsham aperçoit la Dame Blanche, qui finit par s'enfuir en traversant miraculeusement la grille de clôture. Et de surcroît, il a un témoin, sa propre femme. Cet événement a été estimé comme étant le premier chronologiquement. C'est vrai et faux à la fois…

» Je m'explique. Ce qui est vrai, c'est qu'Ann a bien aperçu Peter cette nuit-là, en compagnie d'une femme, qui a vite disparu ensuite. Et une femme qui n'était pas « blanche » selon elle, soit dit entre parenthèses. Devant les explications confuses de son mari, elle a songé à quelque trahison de sa part. Et elle ne se trompait pas. Je n'en ai aucune preuve, mais il y a tout lieu de croire que cette femme n'était autre que Vivian, Vivian Marsh à cette époque, et qu'ils se fréquentaient déjà. Et c'est seulement *après*, trois mois plus tard, juste après le cauchemar de sir Matthew, que la partie « Dame Blanche qui répand le froid et traverse les grilles » est ajoutée par Peter. C'est très subtil, car cela a aussi pour effet de le blanchir aux yeux de sa femme qui le soupçonnait d'adultère : s'il n'en avait pas parlé à l'époque, c'était parce que son histoire était trop délirante pour être crue. Mais évidemment, après l'épisode du cauchemar de sir Matthew, elle prend tout son sens… Et au final, nous avons là deux simples incidents – un cauchemar et un événement passé « embelli » –, opportunément récupérés par nos deux astucieux complices. Une bonne partie du travail préparatoire est faite, et cela sans le moindre effort !

D'un air posé et réfléchi, Owen se tourna vers Ann :

— Vous êtes la mieux placée, Madame, pour estimer la pertinence des mes réflexions. Je vous demande de bien vous remémorer tout cela…

Durant quelques instants, Ann ne bougea pas plus qu'une statue. Puis son visage se décomposa, tandis qu'elle regardait son mari :

— Peter ! Dis-moi que ce n'est pas vrai...

— Bien sûr que non, répondit-il en haussant les épaules. Je sais que les faits paraissent troublants ainsi présentés, mais j'ai dit la vérité, rien que la vérité. Et c'est uniquement à cause du rêve de ton père, qui paraissait alors si réel, que j'ai repensé à cette histoire bizarre. C'est possible que j'en ai un peu rajouté, avec le temps, ou qui sait par mimétisme, mais l'essentiel est vrai...

Ann, livide, doutait toujours. Désignant Vivian d'un doigt tremblant, elle bredouilla :

— Tu n'as jamais eu de relation avec elle ?... Tu me le jures ?

— Mais oui, ma chérie, bien sûr !

— Vous êtes assez convaincant, Mr Corsham, reprit Owen. C'est un peu votre parole contre ma théorie. Mais je pense que j'ai raison. Car presque dans la foulée, vous allez rendre visite à Miss Seagrave, pour lui demander notamment si la Dame Blanche allait se manifester à nouveau. J'imagine mal dans ce contexte qu'une voyante comme elle vous réponde « non, passez votre chemin, la Dame Blanche ne fera plus jamais parler d'elle ». Sur quoi, vous revenez ici déclamer d'un air tragique qu'un drame allait bientôt se produire. Intérieurement, vous jubiliez. C'était la suite de votre plan. Votre visite avait aussi et surtout un autre objectif : jauger Miss Seagrave, voir dans quelle mesure elle pouvait faire une coupable idéale, et je ne parle pas de la plume de corneille que vous seul pouviez lui avoir dérobé... Vous avez estimé que oui, puis vous êtes passé à l'étape numéro trois : la mort du petit Harry à l'étang...

— C'est insensé, fit Vivian, rouge de colère. Ce ne sont que des mots, rien que des mots ! Des mots que vous manipulez comme pour le seul plaisir de vous entendre parler, de nous tourmenter, en nous déplaçant comme des pions sur un échiquier pour tester vos petites combinaisons. Avions-nous besoin de ça alors que nous venons de vivre un drame épouvantable ?

— Vous êtes très fort, Mr Burns, fit Peter, qui semblait avoir retrouvé son aplomb. Mais reconnaissez que des personnes étrangères, autres que Miss Seagrave – puisqu'elle semble désormais hors de cause –, auraient pu monter cette machination. Peut-être pourriez-vous creuser davantage la piste des enfants Ziegler ? Qu'en pensez-vous, Mr Lewis ? Et vous, Mr Wedekind ?

Le surintendant parut hésitant.

— Peut-être, ma foi... Il est vrai que tout cela est très théorique et que nous ne disposons guère de preuves palpables. Or, la justice aime bien les preuves...

— Ah oui, des preuves, fit Owen en se frappant le front. J'oubliais... Achille, mon bon ami, où donc avez-vous mis cette valise ?

— Là-bas, près du canapé, répondis-je avec empressement. Mais ne bougez pas, je vais vous l'apporter.

L'ayant empoignée, Owen la soupesa, puis la tendit à Vivian, qui s'en empara à son tour comme s'il s'agissait d'un objet brûlant.

Puis, ayant constaté son étrange légèreté, elle bredouilla, avec une lueur d'espoir dans ses yeux noirs :

— Je crois avoir compris, Mr Burns...
— Quoi donc ?
— Il y a là-dedans « *toutes les bêtises que vous venez de raconter* »...
— J'aurais bien aimé, Madame, sincèrement. Mais elle n'est pas totalement vide. Venez, je vais vous montrer...

Après l'avoir ouverte, il déploya trois grandes plumes de paon, qui justifiaient la taille de la valise, devant les regards ahuris de l'assemblée.

— Elles sont magnifiques, vous ne trouvez pas ? commenta-t-il. Il y a quelque chose de majestueux dans leur dessin, et ces chatoyantes couleurs bleues mêlées de vert... Je ne sais pas pourquoi, mais j'ai toujours adoré les plumes de paon depuis ma plus tendre enfance.

J'étais de plus en plus perplexe. Où diable voulait en venir mon ami ?

— Donc trois plumes de paon, reprit-il. Ou plutôt : « Aux Trois Plumes de Paon »... C'est un petit hôtel du centre de Londres, dans Ramillies Street, confortable et discret. Tenez, il y a là même une boîte d'allumettes, où elles sont symbolisées avec l'adresse. Mais peut-être avez-vous déjà eu l'occasion de les utiliser, je présume ?

Tandis que Peter Corsham venait de blêmir subitement, je vis le surintendant dégager un pan de sa veste pour mettre en évidence son pistolet de fonction.

— Et il ne reste plus que ces deux photos, fit Owen en plongeant une nouvelle fois sa main dans la valise. Deux photos de vous deux, comme vous pouvez le constater. Je trouve que celle de Mr Corsham est plutôt flatteuse, surtout si l'on se fie à sa mine actuelle. Quant à vous, lady Richards, elle ne l'est pas...

S'armant de son plus beau sourire, Owen poursuivit :

— Je vous trouve aussi jolie qu'en réalité. Je pense que votre beauté a été un de vos meilleurs atouts dans l'existence. Cette fois-ci, elle vous a desservie. Trois des employés de l'hôtel vous ont immédiatement reconnue lorsqu'on leur a présenté ce cliché... Pensez-donc, une femme comme vous, ça ne court pas les rues ! Pour monsieur Corsham, il y a eu quelques vagues hésitations dans un premier temps. Mais le chèque qu'il a établi à l'établissement, lors d'un de vos séjours prolongés, a définitivement réglé la question. D'après l'hôtel, vous y auriez effectué tous deux de réguliers passages de juin à août... Inutile de vous préciser que votre relation clandestine va peser lourd dans la balance...

Wedekind s'avança alors d'un pas, puis déclara gravement :

— Madame, monsieur, je vous arrête au nom de la loi pour double homicide. Je vous rappelle vos droits, à savoir que...

— Nous n'avons jamais tué ce gamin ! hurla Vivian.

— Tais-toi, cingla Peter. Ne dis rien. Pas un mot. Il faut attendre la présence de...

Une double gifle d'une rare violence le réduisit au silence. Puis Ann, se tenant la main, s'effondra dans un fauteuil en sanglotant.

ÉPILOGUE

15 novembre

Perdu dans ses pensées, Owen Burns remontait tête baissée la rue principale de Buckworth lorsqu'il évita de justesse un passant sortant d'une allée, qui n'était autre que l'inspecteur Lewis.

— Burns ! s'exclama-t-il. Je ne pensais plus vous revoir ici depuis la fin de cette affaire. Que diable faites-vous là ?

— Je pourrais vous retourner la question, répondit Owen, souriant.

Le policier regarda la maison derrière lui, à moitié envahie par la végétation, en soupirant :

— J'étais en train de mesurer l'ampleur des travaux, que j'avais sous-estimée, je le crains. C'est le berceau familial, comme vous le savez... Et je me demande, à présent, si ça en vaut vraiment la peine. La tâche qui m'attend est vraiment considérable...

— Vous voulez mon avis ?

— Oui, il sera le bienvenu.

— Je ne pense pas que ce soit un problème de travaux, car ce n'est pas le courage qui vous manque. La question serait plutôt de savoir si vous avez vraiment envie de vous installer ici...

— On ne peut décidément rien vous cacher ! répondit le policier en souriant.

— Personnellement, je pense que votre place est ici, mon cher…

— Vraiment ? Mais au fait, vous n'avez pas répondu à ma question…

— Eh bien, hésita Owen, c'était pour voir Miss Seagrave, disons pour lui faire mes adieux. Le moment n'était pas très approprié, la dernière fois, lors des explications finales…

— Elle n'est pas dans son assiette, réfléchit Lewis. La mort de son père l'a très affectée. Lors de son enterrement, c'était visiblement la plus touchée…

— Vous lui avez parlé entre-temps ?

— À peine quelques mots en passant. Vous savez, je crois qu'elle ne m'a pas pardonné mon double jeu chez elle pour récupérer la plume…

— Ça m'étonnerait. Vous devriez aller la voir vous aussi…

Le policier haussa les épaules, indécis, puis s'exclama :

— Quelle affaire, quand même ! Je dois dire que j'ai un peu douté de vous, au début, Mr Burns, mais vous vous êtes bien repris ! Avec quelle maestria vous avez confondu les coupables, l'autre soir ! Ce Peter était finalement un imbécile ! Il aurait pu se contenter d'attendre paisiblement que sa femme touche l'héritage du vieux, au lieu de se lancer dans cette abracadabrante machination, avec une complice des plus douteuses, soit dit entre parenthèses. Certes, il aurait plus ou moins triplé la mise, mais cela en valait-il le risque ?

— À mon avis, les deux complices ne se seraient pas arrêtés en si bon chemin. Ann était la victime suivante, c'est presque certain. Elle était le dernier obstacle à leur bonheur, pour qu'ils puissent jouir ensemble en toute quiétude du fabuleux héritage, et Peter aurait raflé au passage une part supplémentaire.

— Quel couple diabolique ! Et dire qu'ils n'ont même pas hésité à passer sur le cadavre d'un gamin...

— Ça, ce n'est peut-être pas certain, répliqua Owen en baissant la tête.

— Ah ! Je vois ! Son pathétique cri d'innocence, l'autre soir, vous a fendu l'âme !

— C'est vrai, sourit Owen. C'est toujours regrettable de voir une si jolie créature terminer ses jours derrière les barreaux, si ce n'est au bout d'une corde. Mais peut-être qu'un bon avocat et son ravissant minois pourront atténuer la peine ? Quoi qu'il en soit, nous avons envisagé avec Wedekind de ne pas la poursuivre pour l'affaire du gamin...

— Ah ? Et pourquoi donc ?

— Primo, parce que ce cas a déjà été jugé, avec un verdict de mort accidentelle. Secundo, parce qu'il diffère passablement des autres interventions de la « Dame Blanche », autant pour le lieu que pour le choix de la victime. Et tertio, parce qu'un habile avocat aurait vite fait de mettre en lumière l'étrange attitude de lady Richards : celle de signaler sa présence au village, en se montrant une demi-heure à l'auberge, juste avant le drame. Et un non-lieu sur cette affaire aurait tendance, par contamination, à semer le doute sur le reste...

Le policier hocha la tête :

— C'est possible, en effet. Je n'y avais pas pensé...

— Et il y a une autre chose à laquelle vous n'aviez peut-être pas pensé non plus, mon cher...

— Laquelle ?

— Eh bien vous. Vous auriez pu être un suspect de premier ordre !

— Moi ? fit l'inspecteur en roulant des yeux surpris.

— Mais oui, voyons. Vous auriez pu être ce fameux fils de Ziegler disparu, après votre longue absence au village. Vous aviez le parfait profil du criminel inattendu, celui du policier vertueux et efficace, et par là-même totalement insoupçonnable...

— Et... c'est ce que vous pensiez ?

Le sourire de Burns s'accentua :

— L'idée m'a traversé l'esprit, je ne vous le cacherai pas, notamment lorsque vous avez retrouvé la plume de corneille. Vous me paraissiez si sympathique, si dévoué, si professionnel... Que voulez vous, on finit vraiment par avoir l'esprit mal tourné, après trente ans de métier ! J'espère que vous me pardonnerez ma franchise...

— Bien sûr, répondit Lewis, amusé. Mais j'ai compris la leçon : je saurai me montrer moins sympathique la prochaine fois !

Après avoir échangé une fraternelle poignée de main, les deux hommes se séparèrent.

— Réservez votre sympathie aux gens qui le méritent vraiment, dit encore Owen en se retournant.

Le policier hocha la tête, quoique légèrement perplexe. Il n'était pas certain d'avoir compris le sens de cette dernière remarque.

Un peu plus tard, Owen se trouvait en compagnie de Lethia et de sa cour habituelle. Un des chats ronronnait allègrement, installé sur les genoux de sa maîtresse.

— Je m'attendais à vous revoir, Mr Burns, dit Lethia d'un air espiègle.

— Votre intuition, je présume ?
— Oui, on peut le dire ainsi.
— En fait, j'avais surtout envie de vous en parler, de vos fameuses intuitions. Et de vous dire que vous aviez bien failli me berner, l'autre fois. Au point que je croyais fermement avoir découvert de moi-même le nid des coupables, à la suite de subtiles inférences. De me dire qu'il était logique que Peter et Vivian se fréquentent déjà avant le mariage de sir Matthew, et qu'il était probable qu'ils se retrouvent occasionnellement dans un hôtel. J'avais soigneusement développé cette hypothèse, en réduisant le champ des investigations à une ligne imaginaire, qui partait de la gare de Paddington, passait par la station de métro d'Oxford Circus, et allait jusqu'à Wardour Street, où se trouve le cabinet d'assurance de Peter. Enfin surtout cette dernière section, qu'il devait parcourir à pieds les jours où il se rendait à son lieu de travail. Je partais du principe qu'il connaissait mieux les hôtels de cette zone. Avant d'avoir l'idée de contrôler ses règlements par chèque. Oui, j'avais presque fini par m'en convaincre, que tout cela émanait de moi, et que vous m'aviez juste livré quelques éléments anodins, propres à renforcer mon pouvoir de concentration. Mais il y a eu cette troisième carte, avec des oiseaux, que vous aviez commentée de surcroît avec un très précis « beaucoup de plumes » !

Owen secoua la tête en souriant, avant d'ajouter :
— Mais là, mademoiselle, ce fut le détail de trop. Surtout lorsque j'ai appris que l'établissement « Aux Trois Plumes de Paon » était à deux pas de votre cabinet de voyance dans Oxford Street. À part cela, vous avez été très habile, en choisissant soigneusement vos mots. De fait, je pense que vous connaissez si

parfaitement vos cartes que vous êtes en mesure de suggérer ce que vous voulez, par simple association d'idées. Les mots « haine » et « cabane » n'évoquent pas grand-chose, pas plus que « jalousie » et « immeuble ». Mais avec « hôtel » et « amours clandestines », l'image de deux amants se retrouvant secrètement s'impose presque immédiatement à l'esprit. Et j'ai cru que c'est moi-même qui avais fait cette association... Vraiment très habile. Brillant exercice de manipulation mentale.

— Vous n'êtes pas manchot dans ce domaine non plus, Mr Burns.

— Peut-être. Bien que je ne pense pas vous arriver à la cheville. Cela étant, cette « expérience » a été riche en enseignements : elle m'a fait comprendre que vous étiez au courant de la liaison entre Peter et Vivian. On pourrait penser que, grâce à votre talent, vous l'aviez devinée, ou ressentie... Pour ma part, je crois que vous avez sans doute aperçu Peter, un jour, par hasard, lorsqu'il entrait dans cet hôtel en compagnie d'une jolie femme qui n'était pas la sienne...

Lethia esquissa un sourire de Joconde, tout en continuant de caresser son chat.

Après une pause, Owen changea de sujet :

— J'ai rencontré l'inspecteur Lewis, tout à l'heure. Il vous a vue lors de l'enterrement de votre père et m'a dit que vous étiez très affectée...

— Est-ce étonnant ?

— Un peu, dans la mesure où, selon vos propres termes, vous voyez en votre père deux hommes différents. L'un bon, et l'autre mauvais...

— Je pense que vous avez compris entre-temps notre situation particulière, et assez simple au demeurant : je l'aimais parce qu'il était mon père, et je lui en voulais de nous avoir délaissées, moi et maman.

— Votre mère qui vous a judicieusement donné le prénom de Lethia, « l'oubliée » en grec. Un prénom assez rare, en rapport avec le fameux fleuve de l'oubli, comme vous l'avez rappelé du reste sur l'enseigne de votre boutique.

— Rien ne vous échappe, Mr Burns. Je suis très impressionnée...

— Mais en fait, votre père ne vous a pas oubliée, au final, dans son testament, autant d'un point de vue financier que moral. Et à vous seule, il vous a laissé une lettre personnelle. Et j'ai l'impression que cette lettre vous a fait changer de point de vue en ce qui le concerne... Et même de beaucoup.

Lethia hocha la tête en déglutissant.

— C'est vrai. J'ai réalisé à quel point il m'aimait, à quel point il ne m'avait jamais « oubliée »... À quel point il regrettait ces stupides conventions sociales qui avaient érigé entre nous une barrière, qui dans le fond son cœur n'avait jamais existé. Il m'a dit aussi à quel point il aimait maman et...

Elle se tut, secouée de sanglots.

— Je comprends, mademoiselle...

— Non, vous ne pouvez pas comprendre !

— Oh que si. Et je peux même vous dire que ce souvenir, ou cette erreur d'appréciation, vous hantera jusqu'au dernier souffle.

Lethia offrit soudain un regard surpris.

— Je reviens au fait que vous connaissiez de longue date la relation adultère de Peter et Vivian. Ce qui m'a ouvert les yeux à bien des égards, et m'a amené à me poser certaines questions, notamment au sujet de la culpabilité de Vivian dans l'affaire de l'étang... Je ne pense pas que c'est elle qui a interprété le rôle de la Dame Blanche cette nuit-là... mais plutôt vous.

Dans le silence qui suivit, Owen alluma une cigarette, et suivit d'un regard pensif les ronds de fumée qu'il projetait vers le plafond. Puis il reprit :

— Ce n'est qu'une hypothèse, car je ne suis pas en mesure de le prouver. Mais j'aimerais juste la développer d'un point de vue théorique. D'ailleurs sur un plan psychologique, j'ai toujours pensé que vous auriez pu sacrifier et empoisonner sans le moindre état d'âme ce garnement de Harry. Vous le détestiez, le haïssiez, pour les crimes impardonnables à vos yeux, d'avoir tourmenté des animaux. Vous aviez même mis en avant votre mobile, en ma présence, en évoquant ce qu'il avait fait à votre chat, pensant qu'une telle franchise de votre part allait détourner les soupçons. Ou peut-être avez-vous préféré m'en parler avant que je ne l'apprenne d'une autre bouche ? Vous étiez par ailleurs bien mieux placée que Vivian pour le berner, le manipuler, après avoir feint d'être réconciliée avec lui. Sans parler de la préparation mortelle à base de ciguë, car j'imagine qu'une « sauvageonne » comme vous possède mieux que quiconque le secret des herbes. Enfin, il y a ce message secret expédié à Vivian, pour lui fixer rendez-vous à l'auberge le soir fatal. Le but de la manœuvre étant bien sûr de l'éloigner du manoir, où elle aurait pu avoir un alibi, de la rapprocher de l'étang afin qu'on puisse la soupçonner d'avoir tenu le rôle de la Dame Blanche devant les gamins. Je gage qu'il y était question d'une allusion au sujet de sa liaison avec Peter. Ce dont elle ne pouvait parler en aucun cas, bien sûr, et l'a contrainte à inventer une piètre excuse, au sujet d'un Andrew Moog totalement imaginaire.

— Et j'aurais monté toute cette comédie sophistiquée pour me débarrasser de ce garnement ? Si telle avait été ma volonté, il y aurait eu mille moyens beaucoup plus simples, non ?

— Certes. Mais il n'y avait pas que l'élimination de Harry. Voyons de plus près la situation qui était la vôtre à ce moment, toujours dans mon hypothèse, notez-bien. Vous saviez que Peter et Vivian étaient amants. Vous vous doutiez qu'ils convoitaient tous deux l'héritage de votre père. Vous saviez que la première visite de la Dame Blanche au manoir était purement imaginaire, à la suite de son cauchemar. Vous saviez que ce cauchemar était directement issu du récit qu'il venait de vous emprunter. Même si vous ne l'aviez pas lu – ce dont je doute fort – vous deviez savoir de quoi il retournait. Cette histoire de Dame Blanche vengeresse, Dame Blanche que vous admirez, c'est sans conteste la vôtre. Ou disons une version fantasmée. Et partant de tout cela, vous deviez aussi avoir compris que Peter avait sciemment menti en embellissant après coup l'épisode de l'inconnue aperçue près de la fontaine. Rien qu'à ce stade, vous aviez toutes les raisons de suspecter que les deux amants n'allaient pas tarder à passer à l'action en donnant une suite aux supposées manifestations de la Dame Blanche...

» Mais voilà que Peter vient vous trouver ! Je n'étais hélas pas présent, mais j'imagine assez cet entretien, véritable partie d'échecs entre deux maîtres à penser. D'un côté, Peter, soucieux de vous jauger, de faire de vous la coupable ; et de l'autre, vous, connaissant pertinemment ses desseins. Et contrairement à ce qu'il a pu penser en vous quittant, c'est vous qui l'aviez complètement manipulé. Je gage même que vous l'aviez encouragé dans ce sens par quelque habile tirage de cartes. Ce couple diabolique s'apprêtait à faire main basse sur l'héritage de votre père, ou du moins une grosse partie, et vous ne pouviez les laisser faire. Enfin d'une certaine manière. L'idée était de les laisser aller jusqu'au bout, avant de les confondre. Vous les teniez. Vous pouviez d'ailleurs les dénoncer à tout instant en révélant leurs fréquentes rencontres à l'hôtel « Aux Trois Plumes de Paon », accablantes pour eux. On peut se demander, cependant, pourquoi vous ne les avez pas dénoncés plus tôt…

» Avant de répondre à cette question, je reviens sur la mort de Harry. Vous ne l'auriez pas simplement tué par vengeance personnelle. D'autant que ce drame, chronologiquement parlant, survient peu de temps après votre rencontre avec Peter, après que vous lui avez annoncé que la Dame Blanche allait de nouveau frapper. Vous auriez commis ce crime pour faire suite aux autres événements, pour aider le couple diabolique, le guider dans sa démarche, l'encourager… Certes, Vivian et Peter ont dû être très surpris par l'événement, qui pour eux semblait tomber du ciel. Très intrigant, mais puisque cela servait si bien leurs desseins, pourquoi s'en soucier ?... Et ils y ont donné suite à leur tour…

» Et pendant ce temps, vous avez suivi le développement de l'affaire. Chez vous, bien au chaud. Je ne dis pas paisiblement, car vous vous saviez suspecte et vous n'ignoriez pas que vos adversaires s'employaient à vous faire porter le chapeau. Ce qui vous a permis de réagir promptement, le soir de l'assassinat de votre père, lorsqu'ils ont tenté de vous piéger avec ce message anonyme vous fixant rendez-vous à Buckworth. Dès que vous avez eu la confirmation de la supercherie, une fois sur place, vous vous êtes immédiatement réfugiée chez les Nicholls pour vous assurer un alibi. Mais vous ne couriez aucun risque. Vous pouviez à tout moment sortir de votre manche l'atout maître des « Trois Plumes de Paon » pour anéantir vos adversaires.

» J'avoue que cette situation de chassé-croisé criminel – chaque partie opérant dans l'ombre, avançant prudemment chacun de ses pions – m'a passablement dérouté. Je ne me souviens pas d'une telle situation dans ma longue carrière d'enquêteur, à vrai dire. Et enfin, il reste la troublante question de votre passivité, le fait que vous n'aviez pas prévenu votre père de ce que tramaient les amants. Un mot de votre part, à tout moment, pouvait le sauver. Mais vous ne l'avez pas fait. Pourquoi ?...

» J'imagine que vous y aviez longuement réfléchi. Longuement soupesé vos liens filiaux et les « crimes » dont vous l'estimiez coupable. L'homme bon d'un coté, et le mauvais de l'autre. Car je ne pense pas que ce fût pour hâter l'échéance de votre part d'héritage. Finalement, la balance a penché du côté qu'on sait. Mais après sa lettre posthume, vous avez réalisé que vous vous étiez trompée sur son compte. Votre vif chagrin est là pour en témoigner...

Il y eut un long silence. Owen sentait peser sur lui à la fois le regard impénétrable de Lethia, et celui des yeux mi-clos de ses compagnons à fourrure.

— Tout cela se tient d'un point de vue théorique, Mr Burns, dit-elle enfin. Vous êtes aussi habile avec les mots et les idées que moi avec les cartes… Et si nous associons ces cartes à vos idées, votre hypothèse pourrait être un grand château de cartes, vous ne trouvez pas ?

— Oui, en effet. Et j'ai bien compris : un édifice fragile prêt à s'écrouler au moindre souffle. D'autant que, je l'avoue, je n'ai pas la moindre preuve de ce que j'avance, et j'aurais même peu de chances d'en trouver si je le souhaitais. Car pratiquement, vous n'auriez rien fait. Rien que vous livrer à des manœuvres psychologiques, si l'on excepte l'intervention de la Dame Blanche à l'étang. Et là, concernant la mort de Harry, je ne pourrais que m'en remettre au tribunal des chats torturés pour trancher sur son statut et le vôtre. Quant à votre père, j'ai peur que le poids de son souvenir ne vous hante à jamais, et que chaque fois que vous irez vous recueillir sur sa tombe, vous verrez sans doute cet *« Œil qui était dans la tombe et regardait Caïn »*.

— Victor Hugo...

— En effet, mademoiselle. Et avant que mon château de cartes ne s'écroule, car la région est assez venteuse, me semble-t-il, j'ai une pensée pour tous vos petits compagnons que vous avez recueillis et soignés, sans parler des absents. Il me coûterait de les laisser livrés à leur sort. Je me dis aussi que vous avez apporté beaucoup de bienfaits, ici-bas, et que vous en apporterez encore, et que l'ensemble dépasse probablement vos éventuels méfaits.

Les grands yeux marron de Lethia se mirent à briller avec une intensité accrue.

— Je savais que vous étiez un ami, Mr Burns. Je l'ai su dès notre première rencontre, lorsque nous avons devisé sur la cause animale…

Owen riva ses yeux à ceux de la voyante :

— Il est vrai que je résiste à tout, mademoiselle, sauf au regard mystérieux d'un chat.

Lethia resta un long moment sans bouger, la mine grave, puis déclara d'une voix changée :

— Justement, à ce propos. J'ai un petit problème. Notre famille vient de s'agrandir. J'ai recueilli trois petits orphelins dans une ferme voisine. Trois petits chatons adorables. J'ai réussi à en placer deux, mais il m'en reste un... Connaîtriez-vous quelqu'un qui puisse être intéressé ?

Que Lethia fût une fille étrange, bien différente des autres, Owen n'en n'avait jamais douté. Mais l'étonnante facilité avec laquelle elle changeait de sujet, en de tels instants, le laissa pantois. Après un moment de réflexion, il hocha la tête en signe d'approbation.

— Oui. Je pense à l'inspecteur Lewis. Je crois qu'il ferait un très bon père de famille, pour ce chaton, entre autres...

Printed in Great Britain
by Amazon